柯仲平 著

英雄們,请让我感谢

YINGXIONGMEN QING RANG WO GANXIE

陕西新华出版
陕西人民出版社

图书在版编目（CIP）数据

英雄们，请让我感谢/柯仲平著. -- 西安：陕西人民出版社，2024.（2025.3重印）--ISBN 978-7-224-15596-9

I.I227

中国国家版本馆CIP数据核字第20245FD357号

出 品 人：赵小峰
出版统筹：王亚嘉
总 策 划：陈翊峰
策　　划：成　路
责任编辑：党静媛
封面设计：郭梦妮
版式设计：蒲梦雅

陕甘革命根据地研究丛书

英雄们，请让我感谢
YINGXIONGMEN, QING RANG WO GANXIE

作　　者	柯仲平
出版发行	陕西人民出版社
	（西安市北大街147号　邮编：710003）
印　　刷	中煤地西安地图制印有限公司
开　　本	880毫米×1230毫米　1/32
印　　张	13.875
字　　数	230千字
版　　次	2024年12月第1版
印　　次	2025年3月第2次印刷
书　　号	ISBN 978-7-224-15596-9
定　　价	98.00元

如有印装质量问题，请与本社联系调换。电话：029-87205094

柯仲平（1902—1964），原名柯维翰，云南广南人，曾用名冬山，笔名仲平、仲屏、南云等。现代诗人、剧作家。1930年加入中国共产党，任中共党报《红旗报》采访记者、上海工人纠察队总部及上海总工会联合会纠察部秘书。1935年东渡日本。1937年回国后到延安，与田间、邵子南、林山等共同发起街头诗和朗诵诗运动，被称为"狂飙诗人"。曾任陕甘宁边区文协主任、陕甘宁边区民众剧团团长、战歌社社长。新中国成立后，历任中国文联常务委员、中国作家协会副主席、西北文教委员会副主任、西北文联主席、中国作家协会西安分会主席、西北艺术学院院长等职。应邀出席中国人民政治协商会议第一届全体会议，当选第一、二、三届全国人大代表。毛泽东赞誉其创作"既是大众性的，又是艺术性的，体现了中国气派和中国作风"。在纪念柯仲平同志逝世二十周年座谈会上，习仲勋同志赞誉其为"一个把一生献给中国人民革命事业的著名诗人，一辈子和人民血肉相联、休戚与共的文艺战士"。代表作有《海夜歌声》《风火山》《边区自卫军》《平汉路工人破坏大队》《无敌民兵》《从延安到北京》等。

听啊！听这民歌呵！
那歌声：从昆仑山响遍大海，
　　　　从大海又响遍高山；
那歌声：流入我们的心穹，
　　　　来回流，流在我们的心中间；
听啊，唱的是——
天下黄河九百九十九道弯，
九百九十九个艄公把船搬；
青年同志问我，同志哟，
艄公爷出过多少英雄？
请听啊，你问黄河上出过多少英雄汉，
你问黄河两岸多少红色大英雄
啊，听我把英雄唱一番，
但愿我的歌声也有九百九十九道弯，
歌好比九百九十九个艄公搬那船，

你们好像那九百九十九个艄公,
一边听来一边把船搬。

啊,同志们:
革命前,艄公里出过了不少英雄汉,
革命前英雄呐,数一数二,
我们数得出的英雄早有万打万来。

同志们,我想请大家,
啊,大家伙来把全世界共产主义的英雄都唱遍,
唱得全地球的红色的鲜花一齐开,
古时候有个李太白,
人们叫他做诗仙,
他唱——
"黄河之水天上来,
奔流到海不复回。"
我们唱得
天河流到地上来,
地球上的河流能够流上天,
唱得那古代的伟大诗人睁开眼,
看,诗人里的诗仙李太白翻起身子来站在秦岭,
　　太白山;

他猛然睁眼,
头一眼看见一条火龙吐青烟,
龙又飞,龙又钻,
钻过秦岭大巴山,
他听见
他听见有一调这么唱:
太白腰挂剑,
来往长江大河,
太白按着宝剑叹又叹:
"蜀道难,
难如上青天。"
看,看我们用手开,
铺成上天路。
太白你看看,
乐坏你诗仙。
这一支歌像一支箭,
射到太白心中间,
心痛快,心乐坏,
他张开十个手指头,
他抱起十个火车头一齐开,
一边开来一边唱:
车车歌声是钻上山来飞过天,

英雄们,请让我感谢

他的十个指头还开着,
又听得一处歌声叫过来,
他转眼,随着这歌声的来势望过去,
望过潼关——黄河三门峡热火朝天,
他一个箭步飞到华山顶,
拉开嗓子就唱:
那歌声像一阵东风,
扑到面上来。
好一个李太白——
好一个诗仙,
一千多年前,
他唱"黄河之水天上来",
来啊来,你诗仙,
你来看,毛泽东时代
看我们把黄河长江都修成梯,
左一台,右一台,
叫水来发电又叫来浇田。
叫我们踏着天梯来上天,
上天去摘几个星星,送诗仙。

我左手常按着宝剑,
我右手常拿着笔杆,

我右边,挂的是一个酒罐,——

你们一点也不是夸海口,

你们早就能排山倒海,

千万个海口,吐不出毛泽东式的英雄气概,

你英雄们,

请让我感谢,

看你们的英雄气概,

改造了我的世界观,

让我把酒罐给你们解下来,

听我就给你们唱,

唱你们的英雄气概,

看我和英雄同唱劳动,

看我拔出我的剑,

我的剑曾使帝王丧胆,

现在我来同英雄们,同世界上共产主义的英雄在一块。

共产党和英雄们给我力量,

东风压倒我的剑,一定能压倒英美帝国主义,

英雄冠李白。

英雄们看太白山,

他学来:

一手拿笔杆,

英雄们,请让我感谢

一手抱酒罐,
腰间悬宝剑,
头靠着天,
两道眉像铁链,
一把锁在眉头间,
眉头上了锁,
两眉锁了千多年,
看今天,
红色共青团拿着一把锁,
锁起黄河水来洗脑筋,
脑清洁,脑开像一条缝,
眼睁开,眼像秋天的明月,
他立刻,学用斧用钥,
要用毛泽东的钥匙,
要开世界一切锁,锁着的世界链,
毛泽东走在世界前,
他和群众跟上走,
唱不断,走不断,
笔尖还没坏,
酒倒地早要干。
看呐看,李白,黄河之水天上来,
看黄河要渐变,

黄河改得像梯田。

那诗仙，李谪仙你在仙宫为何住了千多年？

唐王封他为翰林，

百姓封他做诗仙。

看，秦岭太白山，

突然醒，

一阵阵看呵，一阵阵赞，

头一眼，他见火龙吐青烟，

又是看来又是赞：

"蜀道难，难如上青天。"

眼一看，看见了飞龙

钻进了秦岭飞过大巴山。

啊，他觉得，

而今他才真正成了仙。

啊，诗的家，

诗歌的海，

吸民歌奶，喝古典诗歌血，

培养李白成天才。

诗中李白一代诗人，诗中仙，

长歌长，短歌短，

李白一唱"黄河之水天上来"，

李白好像水上船，

英雄们,请让我感谢

民歌奶,屈原血,
化成东风来鼓帆。
他们来和我们唱一首英雄的歌。
英雄们歌唱,
好像东风里
杀出无敌兵。
遍天遍地歌声响,
听来天上滚下千条河,
地上腾起万条江。
英雄们端起海洋,
接来江河水,
又泼到天上,
泼到天的水,
撞在雷身上,雷滚过山岗,
撞着闪电,闪电闪万道光。

同志们:
只要黄河水流个不断,
有些黄河上的歌不断在流传,
我们现在唱唐澍——唐东园。
一九二七年六月初,
我们一位同志,

他三门峡穿过，
船就是他的身子，
他搬船，
从北问到南，
在从东问到黄河西岸，
是不是有谁还不知唐澍名，
唐澍同志也叫唐东园，
问江河又问海，
问铁路又问矿山，
在他爆火前，却不知他是火山，
许多人又告诉你，
东风在我耳灌又灌，
灌满了共产党的英雄气概，
人问唐澍名，
幸好也曾同他一道作过战。
这人叫唐澍也叫唐东园，
你问见过没见过这个人，
啊，帝国主义国民党狗腿狗官，
唐的姓，唐的名也常有改变，
姓过唐的共产党人也不少，
你提起某次某次罢工和起义，
马上会把几个姓唐的，

英雄们,请让我感谢

都回想起来,
啊,想起唐东园,
好似看见北极星,
一联联到北斗星七姐妹,
联到天河星星一串串又一环环,
一长串,上海的工人有长串,
广东香港的海员。

黄河西有个特点,
说到唐东园,
立即就会说谢子长和刘志丹,
连着唐澍的烈士有几千,
他们连人连名字,
好比说了日就说月,
日、月、星星大家看。
我和西北同志在一起,
我要说唐说刘谢,
一连说出来,
许多同志解放前,说时心发酸,
舌头啧了啧,到如今。
老谢就是谢子长——谢浩然,
老刘就是刘景桂——刘志丹,

一提唐刘谢,
先要说唐澍唐东园。

同志们知道,
一九二一年七一这一天,
中国共产党诞生在上海,
那时代,
上海有美英统治——
全世界帝国主义的租界,
党生在全世界帝国主义的枪口前,
党一动,
全世界的共产党员都在把船搬,
共产党人开的船,
开在全世界条条江河条条川,
开在河又开向海,
几千万工农跟上党来把船开,
党才长到五岁八个月,
领导起工农几千万,
冲向三江五湖四海。

啊,革命同志们!
你们能改我的口,

英雄们,请让我感谢

我口改得比海洋宽,
我一口吞进千江水,
我口吐一字像座山,
一唱出口山连山,
唱红色歌像射出红色的箭,
弦外音,响彻人心响彻天。
敌人倒,同志们欢,
要看箭从哪里来,
弓在无产阶级两膀间,
自古拉弓射箭,
这张弓只有无产阶级拉得开,
反帝反封建,来一次大决战,
你死我活要决战!

帝国主义养走狗,
养的军阀是买办。
帝国主义银行团们,
为要破坏共产党,
不惜枪炮和金钱。
喽啰有万千,
吸血管天天在吸中国工农劳动者的血,
中国共产党,

领导革命工农人民起来干,
革命血从珠江长江流上来,
流到黄河边。
闹红了中国半边天。

世界各国资本家,
中国境内来扎营盘,
小营盘,到处有,
它们的总营盘在上海滩。
党的威力,党的暴力震动全世界,
美英日德意等等
资本帝国主义大老板抖成一团,
生怕红色中国出现第二个苏联,
把它们的白旗拔掉,
红旗插遍全世界。

党五岁九个月还差八天,
革命中心在武汉,
刘少奇领导工人纠察队三次暴动胜利
在上海,汉口夺回英租界!
九江工人也起来从九江汇合。
无产阶级革命的高潮高过天,

英雄们,请让我感谢

共产党员、共青团员,工人几千万,
工人两天两夜不合眼,
不惜革命的血流得像江又像海,
真个是列宁说的:
勇敢,勇敢,再勇敢,
向前,向前,再向前,
因为日帝国主义和军阀猛攻闸北火车站,
一切反动派要把工人纠察队消灭。
不怕一次两次都失败,
一九二七年,三月二十二日到二十三,
消灭北洋军,夺得了政权!
上海工人纠察队,
正要消灭一切反动派,
拔掉帝国主义的总营盘,——
把脸色给全世界看看。
唐澍,工人们叫他老唐,
那时候,他是工人纠察队一个战斗指挥员,
他喊:
把我们的红三月,
变成第二个伟大的十月革命。
猛攻百多次还攻不下来,
那两天两夜,

猛攻着的工人纠察队，常听见，

听见老唐——唐澍在呼喊

喊声生得热，

就能烧化万吨铁，

喊又是那么钢，

压倒敌人的炸弹和机枪，

有时候他喊：

看，列宁和我们在一块，

听！列宁喊：

勇敢勇敢再勇敢！

听！马克思喊：

快！快！抡起我们的铁锤，

打碎敌人的脑袋，

快！快！扬起斧头砍断我们身上的锁链！

攻不下，他又喊，

纠察队这样听得很习惯，

听见老唐一呼喊，

同志们！小姐妹给送水送来饭，

我们绝不给小姐妹丢脸！

同志们！把我们无产阶级的脸色，

给全世界帝国主义看一看。

同志们！前进是英雄，

英雄们，请让我感谢

后退是孬种，

胜利就在今天，

小姐妹恨敌人又恨孬种，

小姐妹爱我们无产阶级的英雄气概，

单为小姐妹，快去把敌人消灭！

听，小姐妹给我们唱：

"我们小姐妹，

最爱工人纠察队，

一爱共产党，

二爱总工会，

第三爱的工人纠察队。

呀！这一回是纠察队，

暴动第三次暴动，

我们工人暴动开，

能进不能退，

猛打又猛追，

我们小姐妹，

来送饭送水！

工人纠察队，

你们赶紧去，

打敌人的堡垒，

敌人的洋枪大炮吓不退，

解放中华民族,

解放工人小姐妹。"

消灭了工人军阀,

夺了政权,

一道红光冲上天,

全世界都看见。

老唐这一队,

啊,真个是

子弹上了膛,

斧头早磨快,

弓拉满,箭上弦,

立刻要去踏那帝国主义的总营盘,

前不久,刘少奇领导武汉九江工人纠察队,

收回英租界,

在上海,老唐他们只想连锅端,

老唐说:

一锅熬一锅端,端起来,

把那帝国主义者坏蛋,

中国买办的狗奴才,

一齐倒下海,

叫那些敌人坏蛋去喂龟。

英雄们,请让我感谢

广东湖南武汉到西安,
农民 × 上几千万,
农民正要夺枪杆,
把那地主恶霸打翻,
多少人,在观潮,
多少人,工农革命潮一高,
他们立刻就动摇,
多少人,跟上买办资产阶级的尾巴跑,
蒋介石早已投入美英帝国主义者的怀抱。
正是那时候,毛泽东早成了湖南农民号召,
他要领着工人农民去大闹,
搞武装,他要领着工人去大搞,
只要毛泽东几人,跑到湖南广东领导,
在广东,挺起胸膛给农民撑腰。
毛泽东,一九二六年三月,
写文章,他说红三月革命只有无产阶级领导,
他早看出陈独秀右倾动摇,
他早早提出警告。
谁说农民运动糟,
运动考察报告说,
农民运动万个好!
那时候,

陈独秀右倾机会主义者，
在当时占据中央的主要领导，
毛泽东的报告，
刚一在报上发表，
陈独秀拿剪刀
剪短了文章的腰，
他说民主革命应由资产阶级领导，
他说资产阶级动摇，
资产阶级要往帝国主义怀里倒。
都只为共产党，共产党要争取革命的领导，
两湖农民拉土豪，
戴上纸糊的高帽，
剥削农民，压迫农民的，
农民喊打倒，就要去打倒，
陈独秀他和地主阶级一样叫，
叫说"农民运动过火
工人斗争过左"
帝国主义者，资本家，土豪，
他们都给陈独秀那修正主义者叫好，
他们——无产阶级和农民的敌人，
在我们无产阶级的核心领导中，
找到他们的代表，

修正主义——右倾机会主义的领导
敌人打着灯笼火把到处找，难找到，
这个修正主义者地位高。

那时候，帝国主义慌成一团，
单美国，一下就来了二十八军舰，
来许多军舰在长江口，
有许多在黄浦江边，
美英法日德意等国家的海军陆战队，
一下增下三几万，
还有反革命的什么"义勇军"，
另外还有巡捕，包探，
和那些万国商团
他们的炮口枪口都对着上海
工人纠察队，
他们的铁丝网，
时时刻刻通着电
他们的铁甲车开来开去
条条路上堆有沙包障碍，
通租界的路，
条条被隔断，
阻挡工人纠察队冲入租界。

唐澍他们只等
共产党和总工会下令，
敌人不交出租界，
立刻要冲去把敌人歼灭。
哪知陈独秀来的指示恰相反，
他规定了一二十个"不得"，
纠察队不得超过租界，
　　不得擅自捕人！

那时候，
急得唐澍跳起来，
他骂：
他妈的，什么领导，
简直坏过秦桧却要麻痹工人们，
老子们就要冲进去捣毁敌人的巢穴，
你，来了十二道金牌！
工人们暴动胜利后，
蒋介石军队才开进上海，
蒋介石早和美英帝国主义者讲成买卖，
给总工会送来一块"共同奋斗"的匾。

中国共产党，

虽然那时年纪小，

从小就能领导，

威名千万工农群众里，

万丈高。

上海工人暴动胜利时，

全世界帝国主义者，

胆震破，

帝国主义资本家，土豪，

他们提灯笼，到处找

找他们最合适的代表，

陈独秀占据了中央领导，

披着红袍，他尾巴翘，

口一张，

汪精卫陈独秀

联合宣言出来了！

他盗用共产党无产阶级的名义，

宣言说民主革命不该由无产阶级领导，

他双手又捧送领导权，

送上那无比可耻的投降表，

那和铁托的演说一个样，

看得清，他的一句话是帝国主义者十门炮，

 一个字是资本家地主万把刀。

炮专打无产阶级的头,

刀专砍共产党的腰。

四月××日

陈拿出投降表,

麻痹了头脑,

工人们受了骗,又上了蒋介石的圈套!

"四一二"

工人纠察队流血战斗,

血流红上海市南北街道。

六月到七月

冯玉祥汪精卫也拿下假面具,

投降资产阶级地主各派各集团,

通通站在帝国主义那一边。

黑暗又占领了红色的天,

全世界,红色的国家

仍然只有个苏联。

啊,就是这么样,中外资产阶级合起来,

内的内,外的外,

明枪暗箭一齐来,

暴动胜利的无产阶级、共产党,

头一次,流血,失败,

地面上公开了党组织、工会、纠察队,

突然又只得转到地下来。

无产阶级革命的火,

被那反革命和右派压上重重的盖,

火顶火再冲,冲不出来,

当时只能从那火盖边,火盖缝缝里,

冒出一道道火焰。

唐澍心里那团革命火,

像一座随时要爆炸的火山,

为无产阶级复仇的革命火焰,

有时从唐澍眼,唐的锁紧的两道浓眉间,

　飞出来,

牙一咬,

有时从鼻孔一哼,七窍都像在冒着烟,

问唐澍,共产党有了多少军队?

有工人,向他说,搬兵,

把苏联的工农红军搬过几万来,

唐澍说,有些同志主张多多搞军队,

陈独秀

第一骂我们破坏国共联合战线,

第二骂我们是单纯军事路线。

他反对我们搞枪杆,抓政权,

资产阶级应该坐轿子,

工人农民只应该帮大忙，抬轿杆。

幸亏我们有大批好同志，

骨头硬，眼光远，

党在军队中政治工作外，

编制创造了一支铁军叶挺独立团，

从广州打过武汉，一气打出武胜关，

在西安黄河一带，

一批党员他们办了军事政治学院，

靠得住的军队，据说已经有了一两千，

唐澍和工人谈到这些话，

又是在漏雨的草篷，

从来不见天的角楼，灶披间，

在码头——苏州河畔，黄浦江边，

谈话前，放哨，放哨的是他纠察队员，

在以前，要靠些经验，

虽现在，谁都能看出，

每条街，每条弄，工厂内外，每一个车站，

都放了眼线，

敌人只要共产党员唐澍，

明抓暗套一齐来。

个个监狱人都满，

抓着枪毙、大刀砍、活埋。

四月二十三，
暴动胜利满了一个月，
党领导的中华全国总工会，
把唐澍调到武汉，
武装起来的武汉工人纠察队，
也早被陈独秀下令解散，
陈独秀总怕唐澍这团火，
唐澍到哪里，
就会被他烧起来，
他烧毁党外的敌人还不算，
在党内，唐澍那批判的火焰，
扑到陈独秀等人的脸上来。
五月间，在武汉，党的五次代表大会正要开，
毛泽东等同志，也在准备着，在会上把陈批判。
陈独秀怕毛泽东同志的正气冲倒他，
正气还有不能占领主席台，
陈独秀等等把毛泽东关在代表大会大门外，
陈独秀怕无产阶级暴动又专政，
他却代表了资产阶级到无产阶级里头来专权。
有一次，唐澍在报告上海情况，
唐澍当着面说：

工人阶级的胜利，丧在你的手，

你真是陈毒臭，

说得客气些，你是帝国主义资本家地主的手里人，

不客气，你是敌人的走狗。

唐澍的火焰，冲着陈独秀的眼，

他叫唐澍来西安。

那时他到河南观音火车站，

冯玉祥的军队中，

有几位同志，

他们有识有胆，

和唐澍唱一个歌，

他们在党的军事机关，

代表党，把唐派到西安来。

恰好有个军政治处主任，

党派唐澍去补这个缺，

你只把政治工作人员，

当作花瓶摆一摆，看一看。

唐澍下决心，

一定要复仇，

复仇来得快，

只有搞枪杆，

有朝一日枪多兵马壮，

带来人马打上海,

那时候,

旁的同志再来个第四次暴动,

也很好,

我先入上海,

不让一个敌人逃出上海滩。

唐澍真实火一团,

他到这里来,

不管三七二十一,

先把火盖子冲开,

才几天,军官和群众,冒了烟,红了一片。

我是共产党员,

我要时时把共产主义来宣传!

突然间,

说冯召开紧急会:

派来卡车接他,

来接的是高个副官,

带着兵一班,

在车上,他对面,

对面是冯派来的一个军官,

那不像军人,

却怎么像上海见过的包探!

唐澍学得有工人运动的习惯，
他有经验，
他想找司机谈一谈，
口音是北京口音，
也许可能看出苗头来。
他掏出香烟，
叫这抽，那抽，叫过了一遍，
他然后，吸着一根，再把一根也点燃，
喂！轻轻拍司机的背，
把香烟递到了嘴旁边，
司机摇摇头，
表示顾不得抽烟，
害怕出危险，
怪，看车开得又稳又快，
路也还算宽，
他怎么不理不睬，
工人能够不睬冯玉祥的管，
这一点，他倒觉得很喜欢。
突然间，
黄河奔进唐澍眼中来，
觉得黄河对他很亲切，
想来只有黄河能帮他逃出这一关。

逃?
如果真的是叫开会去,
同志们就会骂我怕死,
至少要说我没有积极的勇气,
陈独秀知道,
这一逃当作证据,
说我口里讲无产阶级革命,
毫不守组织纪律。
咔嗒一下车猛停,
司机哼了一声,出了啥毛病啦,
等我检查它一遍,
说时,他扭头把唐澍一瞪,
只有唐澍能够感觉到,
那是黑暗时电划出的一丝丝光闪,
好比赵金妹变作萤火虫,
来给赵宝郎引出敌人的包围圈,
电闪里,纯是无产阶级的情感,
像那,可又分明是阶级兄弟才能有的情感,
后来头弯下,
过了一小会儿,又见头才抬起来。
见司机下车来,
又把眼色递。

唉！这工人像是在哪里见过面？
啊，在哪里见过，
他曾见过这个眼色这个脸？
没问题，曾在工人斗争中看见。
啊，猛然真猛然，
唐澍猛然才想起，
原来是天津公共汽车的司机，
那一次为了工资要斗争，
唐澍去找这个工人时，
一位同志曾介绍。
这一下，
他的眼随着司机转，
几乎忘记了应付那狗官。
这工人身子仰在地，
正要钻到车下去修理，
这分明要叫我把他想起来，
在这个念头转得飞快时，
见司机右手拿着两个扳子，
侧身子仰在地，
仰着挪挪钻进车底。
在那时，却故意放松了手，
落下了一个扳子，

又把眼色给他来一递,
故意使他看见地上那扳子,
唐澍想到就拾扳子递进去,
好知道那个同事,
又觉得应当等工人再给他一个"暗示"。
听得吭吭响两下,
又听得:劳驾给我递递那扳子,
声音很大很响亮,
单怕旁人也去拾着扳子,
唐澍急忙就趴下,
立刻趴下把头整个钻进车底里,
因为唐澍心太急,
忙着钻进去,
碰着车底,落了一些泥,
落得工人眼睛张又闭,闭又张,
连连伸张嘴皮,
叫他留心那团纸。
唐澍爬起来,
心里喜,心里波浪滚得急,
手心里握着生命的秘密,
硬装个风平浪静的样子。
"啊,看样子,还得几分钟修理,

你们休息,我大便回来就开车。"

说着就往黄河边走过去,

用耳朵,听听有没有人跟他去,

好像战场上选择阵地,

选中了一个地势,

蹲下去,还叫这些人,

看得见他的帽檐子,

他离开也不过十几公尺,

这样,好使那狗官,

觉得没有离开他们的监视。

打开那团纸一看,

看着铅笔写的字:

冯到徐州投了蒋,

谋害共产党,

快逃,别上当。

你,快逃,

要帮忙,我帮忙。

看司机,

司机又在给他递眼光。

眼光说:看清了?

唐抬头,将扳子放在司机手,

见司机把那纸揉紧塞进口。

英雄们，请让我感谢

一看写的冯投蒋，
谋害共产党。
这才想起汽车上那是帝国主义的两个官。
帝国主义又帮蒋来又收买冯玉祥，
蒋介石给冯派流氓，
谋害共产党。
唐澍早说过：
要狗不吃屎，
除非从根本上变了狗的性质。
他说过：冯玉祥国民党不反共，
除非世界上消灭了资产阶级。
他可没想到：
冯这么快，今天就脱掉了人皮，
投帝国主义走狗蒋介石。
老唐爬起来，
当然还装着风平浪静的样子，
他看那些狗子，
唐澍和他们，
只隔一张纸，
唐澍是团火，
火外包这那张纸！

他们和唐澍,
只隔一张皮,
他们是狼狗,
披着人的皮,
看得透,看得出,那包探样的官,
随时有布置,
布置也多半使用眼色。
那包探随时准备用手枪,
那胖官握着盒子,
　盒子炮要张口的样子,
那班长枪兵,分两起,
随时能包围。
他想,西安党组织,
可能还不知道这个消息,
这个工人同志救我,
我当赶快逃出去,
救党的组织,
救出我可能救出的同志,
他决心逃向西安去。
我能搞掉这些狗,
送消息,司机可以帮这些忙,
唐澍想:

趁敌人不防,

夺他一支盒子枪,

逼他们投降。

或者先把那官打死,

号召兵士随着共产党。

这样那样两三想,

又想到司机叫我快逃,别上当。

一望,黄河又奔到眼底,

有黄河,可以不再靠那工人同志。

那工人写的是"快逃",

逃要快,"快"这一个字,

唐澍已经能体会快的意思,

多少次,他自己,同志们被捕。

汽车开动了,

开到黄河边,

唐澍一撑手,翻下车来,

司机不知道,

车子还在开,

敌人不敢跳,

拔出枪来对准唐澍开,

短枪长枪,射出子弹来,

唐澍腰忽弯,又忽展,

跳过一些土坎和石崖,
鲤鱼跳龙门,
唐澍跳进黄河浪上来。

他跳下,浪飞溅,
泥浆糊着他,
吃着黄泥反甜。
他用手一划,两脚踩,
腾出一只手来抹头又揩脸,
他要转头转眼看敌人,
泥浆糊着眼,眼只能睁开
绣花针那么粗的一根线。
他咬紧牙关,闭紧口,
先把飞进鼻孔里的泥水醒出来,
他眼紧紧闭下,
头猛摆又猛摆,
抬头望,望不见,
要听,黄河水声如雷滚,
龙王爷跳到龙宫里,
管他娘的王八蛋。
头出水,摆几摆,抹几抹,
眼就能半张。

英雄们,请让我感谢

果然如理想,
逃出了敌人的火网,
逃脱共产党员老唐。
看得见,子弹打到河水上,
能断定,坏蛋们还乱开枪,
等一会,听得岸上闹嚷嚷,
莫非是敌人发现,
老唐躲在这个地方。
是呀,资产阶级地主的走狗们,
反革命的领不成赏,
倒要挨骂的
说不定要挨冯的几个耳光。
这班反革命的狗,
不怕挨骂挨耳光,
怕只怕,要降级,想当个大官爬不上。

眼睛珠包在眼皮内,
翻上去又压下来,
眼张开,好似河山落雨点,
有些雨点打在他身边,
怎么雨都打从侧面来,
有一粒子弹,嘶的擦过耳朵尖,

右耳尖的头皮打破了一块，
热血正在流过脸下来，
他不觉得，也不管，
他瞅见黄河岸，
离他三百公尺外，
有堵悬崖，
不使敌人完全发现，
他希望共产党员少吃一些冯的亏，
急忙连头深深沉下水里去，
一口气穿到那悬崖下面。
心想游到黄河北岸，
快离开冯玉祥统治的河南，
找得一只船，
　　早早到潼关，
　　潼关再起早，
连夜把消息，送到西安。
你死我活的阶级斗争啊，
越到危急关头上，
越要和敌人争夺时间，
手一划，腿一蹬，
头连脖子一股劲，
一会儿，差不多，就游到黄河中心。

没想到，反革命的排子抢又打个不停。

一九二六年，
冯玉祥到苏联，
冯说愿革命，
苏联给帮助，
帮助枪和炮，
内有水帘珠，
在列宁创造的共产国际，
一个国家的共产党是一个支部，
苏共中共是兄弟，
有中共，苏联给了国民党很多帮助，
而今，冯和蒋介石拿水帘珠来反共、反苏，
呼呼呼，咄咄咄，
黄河上打的是共产党人唐澍，
唐澍心想到，
黄河上横渡，水推水又阻，
水帘珠，劲头大，射程远，
钻到水底去，
也很难逃出，
不如趁浪大，游下去，
离西安，虽然远，

可以想办法。

往上游，如同往那高山顶上爬，

往下游，跨在浪上，如同乘上飞龙马，

飞龙马吃金笼头，

唐澍把那马鬃抓又抓，

抓起来的马鬃就是大浪花，

开头几下不听话，

几下子摸出了它的性格，

马也就会让你指挥它，

敌人打枪枪白打，

敌人如同乌龟在岸上爬，

既然东下，多下一程吧，

免得上了岸，敌人还能发现他，

一下下，摸着飞龙马的脾气，

马就越来越听话。

心想快，越快越好，

马随唐的心，

越飞跑，

越跑越像饿了，马要奔槽，

向前看，

唐澍看见左边山比右边高，

三条口，真像是三个马槽，

啊！
想起那是三门峡，
三门峡立刻就在眼前了。
有胆有本领它要给你飞跑，
胆不大，本领也不高。
你是船，它把你当草，
你是人，它把你当料，
唐澍，你骑飞龙马逃命，
现在飞龙马饿了，
看你逃再逃来怎样逃。
是啊！黄河之水天上来，
　　　　黄河绕了儿千里的一个弯，
　　　　黄河要会长江面；
秦岭伸出一只腕，
把它阻挡在潼关，
黄河扑潼关，
一下扑不开，
怒冲天，
从西向东，猛向东一转，
这一转，转了九十度，
奔下去，
它说，奔往东海去会面，

又望见，挡它的是一座大石山，
用头来劈山，
它一怒把山劈成三道门啊，三个关，
山底磐石坚，
山劈坏，
那中流砥柱年年在，
现在啊！河也看，山也看，
中流砥柱，梳妆台，
梳妆的人也在看，
要看共产党员唐澍，
能不能过这一关。
啊！
天下黄河九百九十九道弯，
九百九十九个艄公把船搬，
船离三门峡还远，
船靠岸，
艄公先到龙王庙烧香有许愿，
艄公爱大禹，
赛过木匠拜鲁班，
艄公上山拜大禹，
还给大禹的爱人也要拜三拜，
如果你心里想，大禹的爱人在梳妆，

英雄们,请让我感谢

你就拜那滚滚急流中的梳妆台,

老经验,掌好舵,

勇敢的艄公搬好船,

水急流,左一旋,右一旋,

人门一个门,鬼门左右开,

神门开在峡中间,

两个岛管一个关,

万年前,黄河水激,

撞在这座山,

山不服,山还意志坚,

山变岛,一个岛像一把斧,

几把斧,

冲着黄河头来砍,

头被水砍成三股流。

唐澍听得斧喊说:

你要不断挨得砍,

才能不断过得关。

河水笑:

挨得砍,砍不断,

这才算得英雄汉。

山才让河过了关,

看,一出关门口,

三股头又扭成一股头,
一股劲地向着海洋流。
本来是山和水在激烈战斗,
几把斧头同时砍,砍向左,砍向右,
砍得黄河痛,
左冲右冲,左也扭来右一扭,
扭过了三门峡,
又才扭成了紧紧的一股头,
什么样艄公经得这个冲,
什么样的船才经得这个扭,
你能出了他的口,
他鬼也愁来神也愁。
唐澍不让敌人来破党的船,
也不让,党的船被水打翻,
唐澍只想快去把船搬,
出了三门峡,我就可以设法到长安。
火线上,流过血,
斗争中,饿过饭,坐过监,
三门峡险算得什么险,
对党对无产阶级心要真,
对敌,对着危险心要横,
我要敌人危险都怕我,

英雄们,请让我感谢

是英雄,哪怕危险和敌人,
艄公敬禹王,
木匠敬鲁班,
唐澍敬的是马克思列宁,
啊,今天禹王鲁班在,
他们也要敬唐澍;
看,唐澍选了三门峡中间那神门,
那中流砥柱当目标,
眼望目标心一横,
黄河水把他一旋旋到旋涡去,
看来好像立刻要碰烂,
他急忙拨浪向左转,
这一转的力量超神力,
如果是神门上挂着一架钟,
钟在响着"嘀嗒嘀",
听得头声"嘀",
唐澍旋到神门旋涡里,
听得二声"嗒",
看见唐澍像是碰了坚,
我们觉得心紧急,
只想从此失掉了这个同志,
又听得钟声"嘀",

哈哈，痛快人干的痛快事，
这一看，唐澍骑的飞龙马，
看来还不止马一匹，
左带黄骑右带驹，
不等再来一次"嘀嗒嘀"，
唐澍他早已飞过中流砥柱那边去，
这时候，
你看他眼笑心喜欢，
两道浓眉多开展，
两眉间，容得下大河长江水，
还能弯下几座山。
心怀破天胆，
拿胆来破天，
船不要横，心要横，
直心人要横下心来冲过这道关，
唐澍唱，直心人把心一横，
鬼神怕得把门开，
我骑龙进龙潭去，
下过龙潭又飞腾，
唐澍赶紧赶紧进长安。
忽见前边浪上一片白，
跟黄水上头起白花？

再看那是一个人,
白是他的白头发,
他在猛追啥,伸出手来抓,
啊,他有危险我救他,
他抓啥,我帮他,
他会帮我想办法。
才一想,
催开飞龙马,
一下赶拢白头发,
原来白发人,在抓一根大木料,
木料滚滚水上漂,
看样子一头粗有二五抱,
想来是顶天的大树才砍倒,
锯了枝枝锯了梢,
突然来一场雷雨风暴,
他栋梁材料,
滚在黄河浪上漂。
唐澍赶去帮着捞,
一来是——
想得这老汉帮忙,
对老汉表示要好,
心里原来就爱劳动者,

边捞边笑；

二来是，

这人劳动到头发都白了，

不怕河水涨了万丈高，

河水永远只能高齐他的腰，

他笑，白发人也笑，

捞上岸，老唐解下武装带，

脱下军衣来，

先把水扭干，

这才说：你一定觉得很奇怪，

为什么军装都不解，

我就跳下黄河来？

啊，为什么，先等会，

先让我把衣来披上你的肩。

老唐说：你是艄公是老英雄，

我该做英雄的一个后代，

一边说，又一边解，

解下绑腿，

脱下麻草鞋，

又脱裤，

裤子扭一扭，

请那白发英雄穿。

英雄们,请让我感谢

白发人说:是呀是呀,
我真觉得奇怪。
我是黄河上的一个老艄公,
你帮了我的忙,
我能怎样感谢你,
我情愿感谢,
我是黄河上的一个老艄公,
你是军官,你的军衣,
我真不敢穿。
不等老英雄再连说什么敢,
抢先笑着讲:
看!我穿的还有短裤和衬衫。
我知道老英雄的衣服还在那上面,
到那边穿衣服,
还得几袋烟的时间。
我是中国共产党的党员,
现在我该同你共共这个产,
唐澍故意激老汉:
我想到你府给你添麻烦,
你肯给我吃你一顿饭,
你就赶快穿。
老英雄急忙穿,穿着讲,

说实话,我今天头一次,
看见这样好的官。
大浪里,你来帮助百姓捞木头,
上了岸,脱下衣服给我穿,
只要你不嫌我吃的糠饼和野菜。
唐澍说,
我和你一道干活一道吃,
真真是洪福齐天来,
俺俩抬,把这大梁抬到你门前。
老人说:不不不,
先到我家去吃饭。
老唐说:不,如果有什么地主恶霸什么官,
看见你的这根好木材。
老人说,看样子你才二十来,
你一眼,把我穷人的心事都看穿。
他正说,老唐已把一头扛起来,
老人扛在前,
如同码头工人一个样,
扛了有一阵,
转了几个弯,
来到一家门前,
村子仍然在河边。

老人喊到了,
才把大梁放下来。
唐澍看得见,
老人脸笑心开花,
像唱又像说:
天下黄河九百九十九道弯,
九百九十九个艄公把船搬,
六十年前十三岁,我就跟上我的上辈把船搬,
我见过的世面,
不算宽来也不算窄,
老实说,一辈子,我才见了这样好的一个官。
那时期,冯玉祥发钱,
发的军用流通券,
唐澍来工作,一月还不满,
袋里没有一个钱,
一路上,什么样的苦活我都可以干,
没活路,我讨饭,
只担心,不能早几天赶到西安。
他的话本来爽快又痛快,
觉得白发人早对他有好感,
家里又只见这位老汉,
唐澍忙过来,抱住老汉摸一摸手,

抱起来,紧贴在胸前,

黄河里,看见老人很勇敢,

眼看眼,一眼看见老人心良善,

良心边,有钢的肝,

还有一个英雄胆,

唐澍的眼,滚腾着无产阶级革命家的热情和敬爱,

激起革命的英雄气概,

他定能帮我闯过这一关。

唐澍说:来人家,

你家开门见河又见山,

我给你开心见胆又见肝,

干革命,干掉压在工农头上的一切坏蛋。

你只熟悉黄河长江,你想想,

什么叫作共产党?

你要问,

黄河黄,长江长,

为什么叫作共产党?

共产离不开共产党,

共产党要我做革命的军官,

同劳动,共吃苦,共得甘,

世界好比一只船,

全世界的劳动人民,一齐把船搬,

英雄们，请让我感谢

共产主义大红旗，

插在哪里最快乐，船往哪里开。

黄河黄，长江长，

闯成共产主义世界，那才算得共产党。

坏蛋来抓我，我才跳了河，

我希望，你肯帮我这个忙，

我要赶紧逃到长安去，

怎样逃，你我想想。

老艄公说：

啊，说起话来话要长，

你要我怎样帮忙我帮忙，

怎样逃，叫我想，

干哪行的想哪行，

霸王离不开他手中那鞭和枪，

我一想就想到船和桨，

我帮你，

离不了我用惯的桨。

黄河水猛涨猛落，

今黑三更出月亮，

黄河水落像平常，

东风来会诸葛亮，

冯玉祥，他有八十三万人马来追也无妨。

风顺不要我摇桨,
我送你,进潼关,
姜太公钓鱼在渭河上,
太公八十遇文王,
我六十遇见你共产党,
杀人要见血,救人要救活,
你要我怎么样,只管对我讲。
这里有糠饼和米汤,
肚饿先吃先喝。
我老婆,出去剜野菜,
鸟归巢,她回窝,
我们要带一些干饼,
我先把面和一和,
她回窝来就能把饼烙,
你活到太公那岁数,
我们定要快去灭纣王。

天下黄河九百九十九道弯,
九百九十九个艄公把船搬,
三门峡上三更天,
月儿照着水上船,
唐澍紧喊"快",

英雄们，请让我感谢

他不管汗流浃背两膀酸，

两个艄公两叶桨，

桨扑浪花上下翻，

船儿好像一只燕，

逆着大风飞上来！

忽见天上飞云彩，

黑发人说：看看看，老英雄，

风从我们心上来！

那云彩，一片片，

云是你的八卦衫，

桨是你的鹅毛扇，

你掌的舵像孔明手上那口剑，

我们渴望东风起，

你把东风叫得来。

唐澍一边说来一边笑，

白发人，脸挂笑来手挂帆。

东风来助革命威，

不要辜负东风意，

摇起桨来快如飞。

心想看看，我在哪里跳到黄河内，

河岸上还有敌人把我追。

水帘珠，叭叭叭！

爸爸问：什么枪这么厉害？

唐：苏联工人造的水帘珠。

爸爸惊奇……

唐：冯装进步，到苏联，苏联赠他水帘珠。

打了一阵枪，

河岸上又乱吼：

"噢，船家，船家，

有一个穿军装的逃走，

逃到河下游

你上来看见他没有，

你见他哪里藏哪里躲，

你若想发三万元的财，

你去砍下他的头。"

听腔调，唐澍听得出那是上海来的包探，

那是刽子手又是滑头，

枪打是威胁，又听得利诱。

老汉开口：

"啊，有有有，

一个军人往下游，

见的不是活人是尸首，

你们赶快去割他的头。"

子弹飞过头，

水帘珠朝船这边打,
唐澍低声说:
现在打枪的,
是白天追我的那些王八。
老汉说:
头低下,不要怕,
今天你也成了艄公啦,
丢了我的头,
黄河上还有九百九十九个艄公的脑瓜。
你到船舱里趴一趴,
你装聋,我装哑,
乘顺风,不怕他也不理他,
拿出吃奶的劲来往上划。
枪声停了一小下,
听得岸上人喊话,
"把船开到这边来,
我们长官要检查。"
老汉笑着眼来代替口,
让我一人来回答,
"检查检查,
我唱得你疲乏,
听我唱歌你解乏,

潼关上有我亲家，
他的大闺女，
从小许给我这个娃，
他的闺女生来是聋子，
我的娃生来是哑巴，
那闺女，聋是聋，
黄河畔的灵芝草灵不过她，
我的娃哑是哑，
他划船好似霸王催开乌驹马，
他下水，四海龙王难追他，
莫说你虾兵虾将，乌龟王八；
那闺女定好明天要出嫁，
我娃赶着赶着来娶她。"
唐澍听得心开花，
老汉唱一句，他给老汉点头几下，
又听得刽子手吼叫开枪打，
因为是老汉歌声压住它。
忽然听得司机按喇叭，
唐澍笑，低声唱：
张良夜半吹洞箫，
吹得楚兵心动摇，
司机用计喇叭叫，

好计策更比张良高,
岸上有人哇啦叫:"司机把车修好啦"
"追不着活人,快快坐上汽车去追唐澍的尸首去吧!"
共产党把水手赤化,
水手才不叫检查。
刽子手他又说:
唐澍是上海工人暴动的头子,
唐澍心大胆大鬼又大,
说不定唐澍就在这只船里头,
唐澍就是那假装的哑巴吧。
他又说,上头早有话:
"不怕错杀九百九十九,
怕一个共产党逃走。"
他又叫:"给我打,
追着船去打,
打沉了这艘船再出发。"
水帘珠又叭叭叭,
有几颗子弹又在耳边擦,
听,叫紧叫,叫不停的是喇叭,
这时候,两人划船更像骑战马,
这一阵,催战马呀,催战马,
船上水,水浪大,

好像马往黄土山上爬,

船的马,

心的马,

只要蹦来只要跳,

你浪大,我和东风比你来头大,

给我助威的还有喇叭,

这一阵呀,看,水上的马不是爬,

他不断地蹦来不断地跳,

从来反革命刽子手,疑心大,

我越往上跳,

他越追着打,

这一下,水帘珠打中尾巴,

又一下,把什么船边打炸,

老汉说:"俺俩翻到水里去,

　　　一手扳船一手划!"

好似一对鲤鱼双扩挺,

打起浪上两朵花,

月光下,黄河的浪潮好像蜡梅花。

唐澍突然惊叫一声"啊",

"莫非子弹打中他。"

惊得爸爸心口炸,

但见他,比那龙门打挺的鲤跳龙门,

英雄们，请让我感谢

突然一下从右飞到左，
哑巴猛然说话：
从心里喊出声"爸爸"，
爸爸，我只忙往上划，
忘了你满头白花花，
你快转到那边去，
好一会，敌人瞄着你的头来打。
老汉从心底笑哈哈，
我六十岁啦，
身边不曾留下一个娃，
只要我能保住你，
我的头，打穿一百二十个洞洞我不怕！
是呀，敌人枪打再打，
老汉他不怕，
拿心来保护共产党的革命家。
他倒催唐澍快快翻过去，
唐澍连声说，我是黑头发，
老人只顾催唐澍，
听得啪嚓响一声，
老汉说，打不死我，你要急死我，
叫我保你就要保到家。
说到这句话，

他的头，顶上天去啦，
好像天要塌，
一座雪山起来顶住它。
不怕天塌，不怕地垮，
单怕目标大，水帘珠打中爸爸，
啊，你拿心给他——无产阶级革命家，
我给你个心，还加上我的肝花。
唐澍一下飞过来，口喊"爸爸"，
伸过手来压白发，
刚一压，听得"叭"，
见船舷被打炸，
没打中爸爸的头，
差一根头发，
爸爸说："叫我看看你的手，
打伤了吧！"
唐澍说：好爸爸，
你说你要救我救到家，
你在这边目标大，船又不好划。
爸爸说：看前边就是一个拐，
拐到拐上去，有十八里的湾，
我们拐进那个弯，
他枪炮来也比屁淡，

只担心,他把汽车开进潼关去,
拦我们在渭河边。
唐澍说:
这个可以不要担心,
那汽车会气死那些坏蛋。
心里开着党的花,绝对不让水来淹,
不管多么大的浪,他要开得越新鲜!
心里亮着党的灯,绝不让风来吹灭,
逆风定不能把灯灭,
风越吹来灯越燃。
前面是黄河之水天上来,
身后是一群坏蛋追赶,
心和心中间,
不能让它有缺点,
世界上,
什么快,快不过无产阶级革命家的思想和情感,
下过江,下过海,
常到群众心里去,心里来,
不必学女娲,炼石来补天,
只要党的心更贴群众心,
觉得心贴心来更亲切,
英雄气概,听来是群众语言。

唐澍笑得唱：

> 好不过你的心，
> 巧不过你的桨，
> 千条大河万条江，
> 流不出你我英雄们的手掌！

耳听爸爸叫，白发闪闪放豪光，

上船心狂欢。

白发一跃上船沿，

黑发心欢心狂欢。

放开嗓子唱：

盼星星，盼月亮，

更盼东方出太阳，

革命工农一天比一天广，

老百姓都要跟着共产党。

造汽车，开汽车，为要气死坏蛋，

气死坏蛋，汽车美名天下扬。

两道豪气会一道，

豪气冲破天外天。

唐澍敞开怀，

摇着桨，唱起来：

太阳你来得太迟慢，

你还没看见，

英雄们,请让我感谢

共产党人的爸爸他衣湿衣烂衣又单,
快啊,快快来!莫等我骑飞龙马飞去,
鞭你几鞭,
你的热心热不够,
我们有革命的热力给你添,
我们有革命的豪气,能把什么障碍为你冲开,
你的劲不足,
我给你打鼓,
海洋就是我的鼓,
黄河长江也来同你一道舞,
我们给你唱,给你舞,
谁说我们走着水上路,
黄河之水天上来,
再来几千条黄河之水,
也把我们难不住。
谁说上天无路,
"黄河之水天上来",
踏黄河上天就是路,
要上天的路,
我们快来铺。
今天,我们流的血汗,
一滴汗会变成一颗颗"夜明珠",

明珠铺成上天路,
我们流的血,
滴滴血,白天看来就是你太阳,
晚间看来就像星星和明月,
我们的血汗把路铺,
铺成共产世界的英雄路,
路铺到哪里哪才真是天堂,
不断地铺,又不断地开啊,
不管要流多少血,
来!拿起斧,拿起锤,
拿起刀枪来铺英雄路。
啊,太阳!
你又飞又舞,
为我这爸爸,
我给你欢呼再欢呼,
为世界无产阶级的胜利,
你说你愿献出你的心你的骨肉,
参加我无产阶级的队伍,
好!你说你永远不脱离共产主义的队伍,
你说只有跟我无产阶级革命去,
保证你无限光明前途。

> 英雄们,请让我感谢

河弯河又弯,
弯到大路旁,
路旁有悬崖,
好像一堵墙,
心想把消息,
写到那墙上,
路上又不见人来往,
急忙同爸爸商量。
除了铅笔再无笔,
见斧头,真欢喜,
唐澍在上海不怕到处有敌人监视,
爬上电线杆去写标语,
烟囱顶上插红旗,
在这里他要砍出字来字高悬,
一个个字真像日月明。
船靠岸,且停泊,
他上岸,爸爸跟去,
爸爸说,要写高处写,
我来给你做梯子。
唐澍说,好!
敌人暗中拔刀子,
他拿斧头来告急,

有爸爸，做梯子，

斧头砍出来的字，

一个字像太阳悬得起，

一行字有百万个炸弹的力。

两面看，正无人，

爸爸蹲下去，

叫唐澍赶快站上他的肩，

他说爸爸呀，让我踏上你的肩，

爸爸说"对！

  高山挡不住太阳，

  字要高来才挡眼。"

说着他就穿过来，

又说，我为共产党，

做一个顶天立地的好汉，

蹲下来，"娃，你的头，不怕敌砍，

  我的头硬过铁山，

  头你只管踩，

  又能高出一尺半"。

唐澍踩上肩，

爸爸往上抬，

唐澍说，你前辈头上长出后辈来。

唐澍拿斧刻来拿斧砍，

英雄们,请让我感谢

砍着紧急报告和动员,
拿紧斧头把,
真像拿笔杆,
司机给他写的头两句,
刻刻砍砍成两行,
头两行,他像拿着笔写,
后两行,如同上海工人暴动时,
　　打垮了敌人,他的手上还在紧紧握着枪,
写完从头看,
不觉口也念得响:
冯到徐投蒋,
谋害共产党,
革命同志快拿枪,
斧头镰刀一齐上战场!
爸爸说:好!
念来如同高山打鼓那么唱,
唐澍说:
爸爸,我把斧头镰刀这面旗也刻上,
那它不但有高山打鼓那么唱,
它更有太阳当空那么亮,
爸爸说:好!
手掌脚底板高高举起来,

斧头镰刀刻得快,

唐澍是顶天的英雄,

爸爸是立地的好汉,

唐澍跳下来,

看!黑发白发一齐望刻成了,

共产党一面旗帜插在黄河边。

天下黄河九百九十九道弯,

九百九十九个艄公把船扳,

顶天立地英雄汉,

望望斧头镰刀又开船,

船又搬上两个弯,

转脸看,望望有无敌人在追赶,

望见尘土飞着像黄烟,

白发笑着问:那汽车还没有气死坏蛋?!

黑发笑说:你三气周瑜才气死,

　　坏蛋死,可能还要气上三几番。

白发喊声"快",

要船划到河中间,

黑发说:

　　一般大卡车,

　　卷起尘土来,

尘土颜色里,
时常冒青烟,
估计是马在跑——
果然望见马蹄翻。
斧头镰刀挡住眼,
骑在马上更好看,
但愿那马上有共产党员,
把那斧头报告先带进关。
紧急消息转转弯,
也有可能先我到长安。
边划边想边看,
这一阵,上水船有点像螃蟹,
左一横,右一摆,
马和船平列,
又赶过船前,
敌人马队又靠岸,
子弹一梭子飞过船头来,
离船头像有三丈远,
子弹就像雨点飞过来。
前一队打的盒子枪,
第二排马队已到黄河岸。
爸爸说,往北有个弯,

往那弯里开。
唐澍说：好，他狗日的喊靠岸，
　　还说要检查。
爸爸一边开，一边唱起来：
"是啊，如同唱戏先叫板，
十三太保来到黄河边，
艄公艄公开船来，
十三太保还要先把艄公喊，
帝国主义奴才——冯玉祥蒋介石走狗，
狗日的，比十三太保还要歪。
他们是全世界资本家地主的狗腿奴才
　　螺丝屁股那样歪
　　工人阶级斧头把他砍，
农民群众镰刀剜，
他狗日的只能歪歪一天半。"
"哪怕打几万颗，
顶多不过像下雨，
你把帝国主义的子弹全打来，
一万年也不能打满半条河，
这些子弹雨点，
还不够洗洗脸，
子弹的河不够我们洗洗脚。

我要领导工农夺枪炮,
　　一我有胆钻黄河,
　　二我有胆下油锅,
　　三我敢到火海里头去,
夺枪夺炮,到最后把剥削阶级坏蛋一切都剥夺。"

天下黄河九百九十九道弯,
九百九十九个艄公把船扳,
这两个艄公,这个拐,
又拐进一个弯,
拐抱弯,弯抱拐,
拐弯上有山抱山,
大河山又要来抱革命的英雄,
看,英雄先去抱河山。
突然听吼,吼着问:
"什么人的船……"
抬头看,
唐澍一看要发笑,
阎锡山的兵和官,纸扎得一般,
吼的那个拿着盒子枪,
看来是个小军官,
旁边站着两个兵,

一个把枪端，
一个扬起手榴弹，
敌人站在大石头后面，
只把半个身子露出来。
唐澍且装哑，
爸爸来回答，
"唉唉唉……"
爸爸没说话，
先来个叫苦连天，
他说，冯家那一边，
要粮要草还不算，
还要天天拉人拉船去支差，
他说，他的大儿子已经拉走几个月，
只剩下这个儿子这只船，
他说他是来逃命，
逃命只好逃到这边来。

天下黄河九百九十九道弯，
九百九十九个艄公把船扳，
这个弯有一十八个小拐拐，
一十八拐抱着九个小弯弯，
一道弯连千道弯，

英雄们,请让我感谢

一个拐连万座山,
九个弯上流来九条河,
中间的那条河流叫阎王大川,
扳船扳到这个弯,
擦个火来吸袋烟。
老英雄招呼唐澍吸,
唐澍说爸爸吸我扳,
烟装满,打火镰,
深深吸两口,吐出云团团。
这才又吸又唱又扳船。
这弯名叫九连环,
古时候鲁公王彦章,
黄河上的英雄汉,
也在这里跑过滩,
俺的船拐一个拐,
他的马得翻过多少山,
俺的船,弯个弯,
他的马上下翻,
翻在两条山中间。
马要把船来追赶,
我的上水船跑一袋烟,
他的马得跑小半天,

我扳下水船来，水越涨越像拉弓来射箭，
木头船能把它汽车气死在黄河边。
是呀，坏蛋在把我们追，
他和我想的不一般，
他想我划上水船，
上水来过九连环，
我船若能够跑到马前面，
除非神仙来划船，
是呀，他们想的，
艄公圈的河滩地，
水里得来水里去，
黄河上没有回头路；
学跑船，要学美，
不容易，
艄公上下学跑船，
不怕费命费力气，
艄公水里有了真本事，
水给艄公当马骑，
艄公要来，水上来，
艄公要来，水上去。
爸爸见唐澍，
有一下，听得好像发了呆，

英雄们,请让我感谢

听话听得那么专,
有一下,那眼光四面转,
好像能够望穿万重山,
望过海又望穿天,
爸爸唱得还是没落板,
有板就有眼,
他的眼是空下嘴来咂咂烟。
美好的思想和情感,
怕像风筝忽然断了线,
动情的歌唱,
怕像月琴忽然断了弦,
爸爸连呷几口烟,
连吐几吐烟团团。
唐澍很想插嘴唱一段,
唱在爸爸的板和眼中间。
烟瘾唱瘾都是瘾,
唱瘾来又不唱更难挨,
唐澍看见爸爸,
磕掉烟灰另装烟,
见他烟装满,
用手把那烧料烟嘴擦擦干,
不等爸爸擦,

唐澍笑着抢过来,
烟嘴上还带着一条口水丝,
好像藕断丝不断,
丝的一头还在爸爸嘴上边,
唐澍连丝连进嘴里去,
他的这笑他的心,
比他唱得过唱瘾,还要快乐,还要甜。
啊,吃我的口水他不嫌,
世间上有这样好的共产党员,
爸爸心欢心更甜,
快给唐澍打火镰,
打着了火镰,又唱得接上板来接上眼。
听他唱,
唱和扳,
扳和唱,
有板有眼浪打船,
船把浪阵阵划开,
呼啦呼啦,
板眼上加鼓点。
这一看,
唐澍忘了要吸烟,
听他唱:

英雄们,请让我感谢

"人在山地上住惯,
宁走十里川,不走一里山,
人在山地上住惯,
宁走十里山,不坐一里船,
绕川绕山不嫌远,
他们单怕过九连环。
一十八个拐下有一十八个坎,
一个坎坎一个滩,
一十八个拐,像一十八扇门。
千年万年门常开,
风乱刮十八拐中九个弯,
鸿雁飞到九连环,
也要吓得落毛。
两扇门中一个弯,
一个弯弯是一关,
九个弯弯九道门,
你要连过九道门来九道关,
连过一十八个坎坎,一十八个滩。
那骑马的坏蛋在追赶,
追赶中,心盘算,
我们划的上水船,
上水船过九连环,

风过九连环来风不乱,

风有威风天下传,

叫个艄公不随便,

九连环上扳过船,

艄公里出英雄汉。

船扳龙门夺魁首,

三门峡上夺状元,

八面威风英雄汉,

一天三过九连环,

九连环上九道弯,

十八拐上十八关,

过五关只把六将斩,

过九关斩将要连斩十八员,

九弯一十八个拐,

拐下一十八个坎,

坎下一十八个滩。

你少斩一个将,

也不能让你过关,

他就斩了你,

要把一十八个大将连着斩,

威威风风过九关,

老汉我今天拿出本事来,

英雄们，请让我感谢

我像你共产党员打江山，
爸爸用的也是拖刀计，
把坏蛋拖到山那边，
爸爸手上那一把刀，
现在他有三十五里长，
二十五里宽，
到明天想多长，能多长，
愿多宽能多宽，
全世界革命胜利那时节，
会让你作头一仙，
劳动人民把你手中刀
往那天顶上抛，
一抛抛到天河上，
要它变成一座桥，
叫牛郎织女时时能相会，
天上鹊，地上鸟，
永远唱你永不老，永不老。
你和共产党人一道，
九连环你连斩一十八员将，
你手中的桨，赛过关云长手中那把青龙偃月刀，
拖刀计，算得巧，
你把拖刀计，连环计用在一道，

你用我的木头桨,
敌人用的枪和炮,
你能把那一批批的坏蛋往后摔,
连人带马往后抛。
我们定要做中流砥柱,
挽狂澜于既倒,
我们要把革命救出危险关头来,
到西安越早越好,
我们在和革命的敌人争胜负,
能够早一分,早一分,
争到最后,能早半秒,就半秒。
革命的人划革命的船,
九连环留不下革命的人和船。
这一段革命歌留在九连环,
三门峡留下歌的头一段,
第二段留在九连环,
过潼关,进渭河,去奔草滩,
三段歌声在长安。

进潼关,
只要听得马蹄响,
唐澍总要看看左手路上这一边。

唐澍说：潼关到西安，路平坦，
如果敌人骑马连夜来追赶，
还有可能赶上前，
爸爸假使敌人赶，
我们要想法准备打过那一关。
爸爸说：你放这个心，这个心，你可以不要难我，
潼关到西安，路平坦，
也不怕他坏蛋骑马来追赶，
马肠子弯成一盘盘，
不拿东西给他填，
敌人过不了马肠子的关。
我的船，一年半载不吃我的饭，
我的船，你看见，它是手上箭，
只要我把弓拉满，
我一射，他就给我往前穿，
你说过汽车会气死坏蛋，
我却担心，一过了潼关，坏蛋汽车来追赶。
唐澍说：爸爸这个心，完全可以不用担，
汽车也有肠子有心肝，
一盘肠子多过马肠十八盘，
开车的工人，
身在曹营心在汉，

他心里有无产阶级的英雄气概，

坏蛋过不了工人的关，

汽车连放屁，也可以气死那些坏蛋，

我相信那工人如同相信你，

也如你像你的弓和你的箭一般。

连夜赶，这一夜，三更三，船到草滩。

爸爸说：要我心得安，

除非亲眼见，见你平平安安进西安。

三更后，船来到草滩，

草滩是关津渡口，

心想先打听——

冯的人，蒋的狗，

在西安公开反共了没有，

更想赶紧走，不停留，

看见两个人走来，

老年的说他管渡口，

中年的说他管税收。

爸爸说：

办货的老板还在城里头，

爸爸将船交给那老汉，

说我父子要急走，

走到城里把货提回来，

一定要请你喝酒。
向老汉借来两根扁担两条绳,
船留在码头,
两对光脚片,赶快、赶快走,
走了两个多钟头,
天亮时望见城楼。
望见一些兵,
端着枪,
在楼左楼右,
墙上面走。
走到城门口,
望见里外都有官带兵把守,
城楼上,城门口,
看不见一个同志或朋友。
一月前,唐澍到过西安城,
不曾见有这么多兵守在城楼,
那时候,西安城内全是同志,
难道我已经迟一步,
敌人在西安已下过毒手?
又从脚看到头,那神气,
难道毒手已经下过,
我来时正逢搜查?

闯到前头两三步,
听得人说话叽叽咕咕,
唐澍瞟一眼,见有一个人,
抬起手来指他;
向叽叽咕咕处一瞧,
鬼鬼祟祟两对眼在打量唐澍,
抓我的命令已经到西安?
追我的人马已经跑到我前面?
问题正在脑子里忽闪忽闪,
忽见叽叽咕咕的人中有一个,
那高个,看看他,又看看手中的照片。
唐澍生来照过几次相,
一想就能想出来,
黄埔军校开办第一期,
党送他到黄埔去学习,
照了他的单人相一次,
还有两次也是军人相,
帝国主义的狗爪把他抓到巡捕房,
戴着手铐,
照了相,
除了这么几次照了相,
从来不再照一张,

参加工人运动后，断绝了个人照相的思想，
怕照相给敌人帮忙。
不管那是个谁的相，
我要装，装得和从前不一样，
他知道只有一点很难装，
他的两道眉，
平常也像大雁的两只翅膀，
思想激动时，像在狂风里飞翔，
在平常，又像两片黑松林，
高高长在悬崖上，
两只眼，悬崖上两个龙潭，
看来潭水深，
深通到望不见边的脑海洋，
姑娘爱看他，
他的眉和眼，
感觉到松风，水月，
有的说：
让我到你眉中去砍柴，
让我到你眼中去划船，
敌人流氓，怕看他的眉和眼，
斗争时，他和工人们一喊，
把个脸色给他看一看，

看啊,他的眉,
有时飞成两把刀,
有时舞成两把剑,
有时扭成一条铁链,
又看他的眼,
股股冷气先射出来,
他还没动手,
叫那敌人心慌胆又寒,
手一动,
救人救活,
杀人见血,
工人们看他,只见同志爱,
　　和工人阶级的英雄气概。
现在他要装,
装和从前不一样,
他的眉,来不及用斧头砍一砍,
他的眼,来不及挂上两把月牙大的镰,
只有口,装个哑巴最方便,
本来他和爸爸商量过,
他还装哑巴,
啥都由爸爸来出头,
大河里,唐澍会游,

爸爸比他更会游,

啊,三门峡,水猛涨千倍劲,过了三又几个三,

不怕峡要猛然涨了几个三,

也不怕油锅里有滚滚的油,

九连环,猛然涨了几个九,

单怕唐澍遭毒手,

他不知唐澍为什么突然也不好开这个口,

想不会没有个缘由,

爸爸猛然飞到唐澍身边并排走,

飞开腿,平排走,

得并排,听得吼,

一步刚赶上,平排走,

二步又落在后头,

爸爸又飞起腿来赶,

九连环,环中水,左来忽拐右,

环要水一环套着一环走,

水要急奔到下游。

三门峡,峡中水,

门叫水来漩着漩着走,

水如万马奔下游,

水要猛冲猛闯飞着流。

啊，天下黄河九百九十九道弯，
没有一个弯的水性摸不透，
只有唐澍的心思，爸爸摸不透，
为什么忽然要奔到前头？
假使爸爸先前问唐澍：
你有意奔到前头，
唐澍定会奇怪他自己，
连忙回答说"没有"，
如果现在问唐澍——
有有有，他见一人一张相片拿在手，
多少次，旱码头，水码头，
遇见过这样的坏蛋走狗，
水要不管三七二十一，
猛冲猛闯飞着流。
唐澍要不怕敌人打的什么小九九，
战斗要猛勇猛涨千万倍，
猛冲猛闯进虎口，
这时候，独木桥要当作阳关大道走，
进虎口还要像进酒楼去喝酒，
爱喝还要真真有海量，
喝下千杯万斗，
嘴下一滴酒不漏。

如果进虎口，出不了虎口，
你吃得了我共产党员的肉，
吃不得我的心，我的胆，
我的硬骨头。
唐澍有意闯到前头走，
爸爸二次又落后，
不好问，爸爸相信唐澍有勇也有谋，
爸爸又拼命赶去平排走，
爸爸差一步就看见兵端起枪，
爸爸一见兵端起枪，一边吼：
"站住！"
挣断筋，
折断骨，
一步顶三步，
他要飞到唐澍身边来保护，
只差一小步，
看见几把刺刀尖指向唐澍。
唐澍火真也火，怒也真怒，
想使敌人看不出，
他就是敌人手上的那个唐澍，
这一个想头连上火同怒，
爸爸看见刺刀尖指向唐澍，

爸爸想不到，唐澍横起扁担来，
同时连叫"藕藕……"
听得连声叫藕藕藕，
爸爸心亮心有数，
爸爸上前一小步，
先在胸前画十字，
真像个虔诚的耶稣教徒，
连唉三声唉唉唉，
爸爸本不是耶稣教徒，
却听说，冯玉祥和他的队伍，
每天吃饭前，都先要祷告耶稣，
为救共产党，
他真是灵机一动，计从心出，
他祷告一样地说：
上帝耶稣，我主！
我受了一辈子苦，我不嫌苦，
我就怕这个哑巴儿，
一辈子都这样糊涂。
啊，老总！求你们看上帝耶稣的面，
高抬贵手，给我多少饶恕，
老总能够饶恕哑巴，
上帝耶稣一定给老总恩赐寿又恩赐福，

英雄们，请让我感谢

祷告上帝耶稣给你们保护，
你们去打仗，只会打赢，绝不会打输。
唐澍一听爸爸说他哑巴糊涂，
是呀，看来好像从来不知道枪会吐出子弹来，
手指头一扳，子弹头立刻会打穿他的胸脯！
看来他不是无产阶级革命家，
他的时代，
像比原始共产时代还要古，
他曾经，一连打死九条野牛两只虎，
一次吃了这些虎和牛的肉
好像他有几对牙，
尖比刺刀尖，粗比枪更粗，
那对眼睛珠，
两只眼中轱辘轱辘转，
好像他的眼珠更比两个太阳大，
若是他把眼光射到世界上，
一射能射死一切反革命的队伍，
对付眼前这么几个反动兵，
他毫不在乎。
爸爸越哀求饶恕，
他越像一要动武就动武，
爸爸能够想得到，这个唐澍，

有上帝，上帝还要求他来做主，
却还没想到，
唐澍听爸爸说耶稣，
见自己把两把刺刀架住，
两对刺刀架在一根扁担上，
活像两对十字架顶在胸脯，
他想唱"国际歌"——
"从来没有什么救世主……"
又想说，敌人认出我就是唐澍，
我要看着敌人钉我的胸脯，我的手，
可以像耶稣钉在十字架，敌人在钉我在唱。
绝不像低着头的那个耶稣，
敌人在钉我在唱，
唱无产阶级的国际歌，
要我的歌声，快快去唤起全世界无产阶级的觉悟，
要我的歌声，把全世界共产主义运动鼓舞鼓舞，
要歌声，快快组织起无产阶级领导武装队伍，
　　　工农武装大进军，
　　　　　一同唱这个战斗的歌曲。
敌人怕得要死了，
枪打了我还要砍我的头颅，
我要高呼：

英雄们,请让我感谢

共产党万岁!

一般旧军阀都用哥老会笼络他的队伍,
冯玉祥用基督教,
他要士兵迷信他,如同迷信那耶稣基督,
他后来,装进步,
他失败,共产党介绍他到苏联去,
苏联给他许多大炮,机枪,水帘珠,
水帘珠上的刺刀特别长,
红军刺枪最威武,
黄河上,反革命拿水帘珠,
打着追,追着打这个唐澍,
眼面前的水帘珠上插刺刀,
刺刀顶着共产党人的胸脯,
反革命毒过毒蛇,
反革命手里的水帘珠来刺,
比那毒蛇的舌头还要毒。
唐澍转念头,念头转,快过原子能发电,
十字架,架尖尖,
像毒蛇的舌头一样尖,
蹬倒十字架,
夺过枪刀来,

世界上第二支工农红军在中国出现,
世界上又出现一个苏联,
啊,水帘珠,
  从可爱,到可恨,
  又从可恨到了可爱上头来。
转念头,从水帘珠,转到世界上一切武器,
从武器转到世界一切,
"劳动创造一切",
世界一切一切都应归劳动者,
共产世界劳动者,
又不断给自己创造新的一切。
无产阶级革命家的念头转三弯,
原子发电机也只能转了一转半,
看爸爸还正在哀求"高抬贵手",
耶稣基督不离他的口,
这个哑巴皮和肉,
定比西安城墙还要厚,
要不是皮肉这样厚,
步枪子弹根本不在他眼里,
炮弹也难打出一个口,
也许这人生来爱喝酒,
酒要能过瘾,

只有子弹飞出他的口,
打进他的头,
九千九百九十九子弹,
当作他下酒的花生豆,
也许是他在河边遇见李白,
刚刚同他喝了八坛酒,
喝过太白酒,
走到路上头,
路遇二郎担山赶太阳,
二郎嫌他在挡路,
二郎他喝三喝,
孙悟空也还有点怕惹二郎神,
想不到这汉子不理不睬各自走,
二郎神,叫他那只咬过孙悟空的狗,
狗一咬,这汉子,竟敢一脚把狗踢下万丈沟,
二郎神放下担子来,
一扁担要打碎这个人头,
这汉子头一迈,把那扁担夺在手,
狗叫狗,一群狗,飞追他,
骂一声,你这玉皇大帝家的小走狗,
提着扁担就来到西安城口,
也许打过二郎后,

出了汗，他要到长安市上再喝酒，
他把刺刀当作他的刀削面，
子弹好比花生豆，
水帘珠正合他下酒，
他把扁担横起来，
　架着刺刀口，
往爸爸恳求再恳求，
一直不见他松手，
士兵等着长官下命令，
士兵们跟着共产党走，
我们把士兵看成了最可爱的同志和亲友，
士兵跟着反革命反共，
我们把他看成最凶恶的反革命走狗，
唐澍眼前这些冯家国民党的兵，
唐澍本来要争取他们作同志，作朋友，
看来这个争取失败了，
变成反革命的走狗前，
他们很像一群猴，
他们的脖子上都套着铁链子，
耍猴的，紧紧抓着铁链这一头，
这些耍猴的还会把他们当作皮影，当作木偶，
不单会把他们当猴耍，

要他们的都是反革命的刽子手,

从这些刽子手身上剥下人皮来,

他们又都是反革命走狗,

在这些走狗脖子上也套着铁链子,

链子能有很多条,

美国资本家抓蒋介石反革命头,

美国狗蒋介石抓冯玉祥,

蒋狗又怕冯狗会滑头,

冯一投蒋到徐州,

不几天,西安出现了美国狗,

两只狗,

钻到猴背后,

唐澍只望刺刀只望猴,

仿佛眼里没有两只狗,

有智慧的人都有双智慧眼

唐澍早把两只狗睄在眼角角里头,

一不问,二不搜,

三不抓,四又不放走,

两个狗眉来眼去,比脚比手,

大的却像要小的那个先开口,

小的一把眉头扭,

大的抬起爪子来,

指相片，同时指他的眉头。

忽然听得马蹄嗒嗒响，

城里的响声传到城门口，

唐澍的条条神经都像无线电，

天线地线能连到心里头，

共产党放出来的心线，有那光线万倍稠，

唐澍的天线连着全宇宙，

　　地线连着全地球，

他听见地球上革命工人和农民，

他们时时都在苦战中怒吼，

革命的工农心里在说的什么话，

唐澍的无线电机都能收，

红色人的心，放射着红色的心流，

红色的心流连心流，

如同长江大桥的钢条一头紧紧接一头，

红心要把敌人的黑心穿透，

红色的心流，像火箭，

射透射透再射透，

射死了黑心才能叫作红射手。

城门是个喇叭筒，

马蹄声远远传到喇叭口，

唐澍和爸爸面向城门口，

英雄们，请让我感谢

耳朵先把马蹄声响收，
如果这里仍然是黄河追赶的人马来了，
爸爸唐澍不用愁，
我们还记得：
爸爸曾对唐澍说：
敌人的马匹不能连天连夜走，
唐澍和他一定能够在先赶到西安城里头，
是呀，如果要赶到马前头，
爸爸和唐澍，差不多有五天五夜不停也不休，
爸爸悔他小看敌人马，
爸爸恨他几次打火把烟抽，
天下黄河九百九十九道弯上船行走，
个个弯能和唐澍走，
独有一听得马蹄声的这时候，
觉得真像到陆地来行舟，
虽然像陆地行舟，
爸爸心拿定：
看风使舵，水到开沟，
只要能把共产党人救，
白发人他也不怕把命丢。
马到城门口，
果然冤家遇对头，

啊！地面上流水，
地下也有水在流，
阳光那火箭，
会突然把乌云射穿射透，
地下水也有像射箭的时候，
水的箭也会突射到地高头，
革命家的心胆行动本来像火箭，
革命家的火箭，能射透一切，射向永久，
那时候，反革命把革命压得不通风，
革命家的行动如同水在地下流，
想是冤家就要遇见死对头，
人看唐澍拿的是扁担，
哪见他一听得马蹄响，
好似弓箭都已拿在手，
他要把火箭水箭一齐射，
火箭从他的心，水箭从他的胆，
一齐射出他共产党人的口，
人看他是和几个敌人拼，
哪只他想他——
为世界无产阶级革命的胜利，
他在向阶级敌人，
做一次最后的战斗。

另外他也想,
他的箭,飞出口,
他希望箭的响声会飞去惊醒党,
第一告诉西安的共产党领袖,
立刻起来战斗,
打碎蒋冯资产阶级各派反革命的阴谋,
用行动告诉中国和全世界共产党,
看透要看透,
只有农民才是无产阶级的永远分不开的患难弟兄和朋友,
无论和什么样的资产阶级临时交朋友,
那到底是无产阶级的死对头。
唐澍准备好,
下决心,到时候要开口战斗,
不开口,马已到,
有可能立刻被抓走,
开口不开口都为把党救,
一心想救党,
没有想到连累这个老水手,
老水手情比天要高,
　　又比地要厚,
无论什么刑,

我一个来受。
我说他不知道我是谁,
一切是我的计谋。
他知道冯早要人暗杀他,
他不放在心上,
心上只有共产党。
急向城门洞里望,
看见冯家什么狗,
打算搞什么名堂。
两个狗猛回头,
回头看的兵也有,
唐澍眼,飞进洞口,
唐澍想起他一被捕,
先要挨踢,挨拳头,
两只手扭朝后,
铐起来,紧起来,
打着走,皱眉头,
带到侦缉队里去,
老虎凳,三上吊,
要做革命的英雄,
一切刑咬住牙来受,
想到开了口,

英雄们，请让我感谢

那时候，爸爸一同被捕了，
由不得，忽然侧过头去看爸爸，
看爸爸的头，
就是地球，
额和脸是亚非两洲，
高山海洋间，
有许多伟大的大河流，
山河间，有千条原万条沟，
爸爸眉头皱，不是为他自己愁，
他为我共产党员担忧，
这一看，像没有什么理由，
要说理由，
理由比天更高，比地更厚，
理由化成诗歌千万首，
这一看，像没有定要看的理由，
眼和眼，一接上，
唐澍觉得，这一下，
他用的不是哑巴儿子眼，
也许眼还可能会把秘密泄露，
唐澍觉得，
他的眼是感激是鼓励战斗，
要这一眼，不会把秘密泄露，

他立刻又"喝喝喝……"
表示他很不高兴,
这些兵还不放他们走;
听得后面脚步声,
他回头,表面上对爸爸"喝喝",
眼角瞟见城外有人走,
闻着大粪,
六七人进城来挑粪,
后边来了人一溜,
他们也有扁担,
唐心欢喜,
觉得挑粪的人中间一定有同志朋友,
不论什么时候,
唐澍见身边劳动群众,
立刻会感觉群众是自己的人手,
自己能鼓动他们,和自己一同战斗,
好像办法就在这些人里头。
大王见唐装哑巴,
彼此从作风互感增加同志的敬爱。
正危急,
唐澍还不知道,
这批农民里有大王在,

英雄们,请让我感谢

为西安同志工作好,
群众跟他的意愿表示语言和行动,
大王已在非常危急中用群众的智慧、力量援救唐,
大王估计就是唐,
入北门也如他有入北门的理由,
马到城门口,
听得"立正"一声吼,
看城门口,猛转头,
差一点左脚跕一跕,
他的左脚跕一跕,
发觉快,才不像军人,
听喊"立正"把脚收。
大王发现唐的脚似乎往回收,
又急不往回收,
大王自己暗暗试验这动作,
身往前挺了一下。
革命要胜利,这有革命的意志时时要领头,
一切行动,革命意志带头的行动,
才能有真正的自由,
只要不服从革命意志的一个小动作,
有可能把革命的机密泄露,
行动不由革命意志领头,

客观上行为就是跟着反革命的意志走,
他的动作还有不服从革命意志的时候,
他觉得非常的可耻可羞,
他认为这是无产阶级革命的觉悟敏感还不够,
种瓜得瓜,种豆得豆,
一根藤结瓜几个,
一分地把定几斗,
要春夏秋冬都有大丰收,
革命意志如旗手,
无产阶级的革命意志作主帅,
他要时时能够进行你死我活的战斗,
使无产阶级革命意志做主,
革命就能改造全人类全宇宙。
见了缺点还拖延,
等于甘心叫自己发霉发烂,
唐澍发现自己有缺点,
立刻抽快刀斩钉截铁,把缺点消灭,
我们看,十字架已经不在
兵立正,刺刀收回来,
两只手架着扁担,
敌人对相片,对见眉和眼,
他早感觉,他脸上有特点,

特点多在眉和眼。
那走狗没看见唐澍突然间把眉毛扭,
唐澍却留心官和那走狗,
走狗说:报告司令,
你命令:一不要捕风捉影,
　　　　二不要打草惊蛇,
只把可疑的拦在城门口,
我拦住很多可疑的人,
他把相片递到官的手,
那官对看他的眼睛和眉头。
这时候,眉和眼的动作要抢先,
先不先他就扭紧眉头来望望骑马官,
那官不下马,
也不让马走,
高个子的那个狗,早转过头,
他忙迎接大官员,
他没见,唐澍突然咬牙使劲把眉扭,
把眉扭,好像要立刻造成铁索桥,
唐澍的革命铁索桥,
他要革命人马来走革命桥,
走不断,不断走,
铁链能保革命人马永不愁,

啊，铁索扭，
万丈高崖，立左右，
两崖中间水激流，
铁索扭，扭起来的铁索钉在万丈高崖那上头。
骑马大官看唐澍，
果然一看就先看眼眉头。
唐澍就在这铁索桥上走，
一步路走错了，
激流底下葬骨头，
唐澍他受过无产阶级的斗争锻炼，
下水能过三门峡的关，
上水也能过了九连环，
万丈高一条铁索在眼前，
个人生死早就在脑后面，
走铁索如马跑平川，
红心红肝红过红太阳，
红色英雄胆包天。
英勇里头有谋算，
斗智斗勇斗在生死关。
唐澍他扭紧眉头望那司令官，
扭紧的眉头说，他是个受苦的老百姓，
他来到革命的西安，

英雄们,请让我感谢

革命军应该爱老百姓,
哑巴吃黄连,
苦尽命苦尽肝,
你说你是革命的军队,
为什么拿枪把我父子拦,
你看我父子身上只剩有几块破布,
我拿扁担去挑担,
我才能够吃上饭,
你们不让我吃饭,要我吃你们的刺刀尖,
现在我捞起扁担把你拦,
我满肚子的冤枉说不来,
你大官,你快快给我哑巴父子申冤。
唐澍抡扁担装要打那两个走狗,
爸爸急忙拉住他的肘,
忙说:上帝保佑,耶稣训诫过,
不要记仇,
说到仇字上,
伸手来把唐澍的耳朵狠狠地揪了揪,
揪了又说"我有罪",
上帝才给我这块不通人性的石头。
骑马官像要说什么,
看左右,

他也皱眉头,
想命令抓走,也像难开这个口,
唐澍见那狗,先伸出一个指头,
伸出又放下,
骑马官,这个指头,又放下,
又伸出九个指头,
又连三次,伸指头,
看三次连伸的是"九十九",
蒋介石反革命说过:
"宁肯错杀共产党九十九,
不可让一个漏走。"
唐澍暗打量:
这——
也可能是蒋介石派来的走狗。
又估计,
许是说,相片和我比,
相像的是九十九。
管你娘你打是枪你打去,
唐澍又喁喁喁,
哑得像要挣断他的喉,
他挣脱爸爸的手,
又抡起扁担来,又要奔去打走狗。

爸爸急忙抓住他的手,
又把他的耳朵扭,
扭过耳朵后,抡起扁担,
揍了一下大腿才开口,
口中话同眼中泪呀一齐流,
打唐澍是爸爸想的苦肉计,
打他亲生儿,
如同打他心头肉,
打这共产党人唐澍啊,
如同他的心剜下来又吊上钩,
这一打倒是打得唐澍心欢畅,
爸爸把打的这唐澍,像护的是我的党,
三个牛皮匠,凑个诸葛亮,
一个艄公爱上共产党,
十个诸葛的心也没有爸爸亮。
忽然看见爸爸脸闪光,
再看才见是泪流到脸上,
觉得爸爸打自己倒没打痛,
爸爸的心受了伤,
心正想苦肉计,要唱就唱到底,
猛想起,快把挑粪的群众,
都卷来帮助一齐唱。

他手指一个个挑粪的，
他伸出一个个指头，
指过那些担粪的，
连上又指他爸爸和他，
指了人指扁担又指肩膀，
又再指着口又指着肚子，
然后反手把那官兵指，
指时候，他咬牙切齿，
最后又指爸爸和他一次，
一指过他就向粪们点头作揖，
爸爸是连官连兵也在一起，
边向四方点头作揖，
一遍虔诚地连喊耶稣上帝。
乌鸦出，乌鸦归，
城里城外鸦乱飞，
挑粪的七八个，
我看你，你看我，
说话也用眼睛说，
一眼看，七个嘴努向第八那一个。
老百姓生来爱唱歌，
黄河一带诗人特别多，
他七个努嘴指一个，

这一个诗人突然口响如大河：
喂，喂，喂，
听我来个练子嘴，
去年西安遭围困，
到粪坑不见粪，
共产党人好几位，
同咱一块干活一块睡，
搬来一支革命军，
靠有共产党人突了围，
乌鸦出，乌鸦归，
乌鸦不敢再乱飞，
搬来一支好军队，
长安有了好军队，
我来挑粪粪成堆。
努过嘴的七个人，
七人七颗星斗，
北极星是星大王，
练子嘴永远练着那七颗星，
七颗星也练上嘴，
练着练着来助威：
"喂，喂，喂，
西安有了好军队，

来挑粪粪成堆。"

北极星又练下去：

"喂，喂，喂，
自从有了好军队，
工有会，农有会，
农民还有自卫队，
二月里，龙抬头，
三月里，龙摆尾，
四月里，龙出水，
五月里，龙最美，
红色龙有几千条，
条条龙都向着西安飞，
西安城里闹革命，
龙到街上来示威，
片片红旗是龙鳞，
张开红磷满天飞，
大红旗下铡刀队，
威威风风像龙张口，
一根梭镖像黄鳝，
对对梭镖就像龙的尾，
莲菜有菜花才美，
兵有工农兵威威，

司令官,好军队,
我问你,我的话,对不对?
那个司令官,拿头来代嘴,
想想弯下头,像说对来对。
唐澍觉得这个练子嘴,
诗人会的他都会,
几千诗人在动笔,
不如他这里动动嘴,
他把群众说得这么威,
共产党,搬来好军队,
练子嘴,他赞美又赞美,
说到示威上,
群众威比什么都更威,
这个练子嘴,
真像一条链,
练这头在口内,练那头,拴铁锤,
练子嘴像流星舞,
二三四五月先舞那一会,
唐澍预料六月定有流星飞,
飞出手出就是一铁锤。
红五月还红得那样美,
到六月倒霉,

喂，喂，喂，
蛇无头，不能行，
鸟无翅，不能飞，
我们不能没有革命党，
我们不能没有好军队，
革命军不要老百姓，
你说革命你骗谁，
军队没有共产党，
军队就是无头鬼。"
唐澍预预料得对，
练子嘴果然甩出这一锤，
北极星，甩流星，
北极七星自然要助威：
"喂，喂，喂，
军队糟蹋老百姓，
军队全要变成无头鬼。"
耳朵的职务要眼来担当，
唐澍一双眼要顶几双，
看来唐澍的耳朵真是对样子，
他拿眼，东望望，西望望，
望了四面望八面，
喁喁喁，唐澍点头，又点头，

见爸爸拱手他也拱手,
拱着手,忙回头,
望着那个司令官,
司令官眉打皱,
命令抓,还不好,
仿佛抓也辣手,不抓也辣手,
练子嘴是见风长,
练子嘴风响喝喝喝,
七嘴八舌一齐练来一齐唱,
像甩流星锤,
像开机关枪,
打到兵的心,
兵得摸着脖子想一想,
无头鬼也不好当,
兵望官,抓是放?
官又望唐澍,又望那张相,
你望你望由你望,
反正我是哑巴,
你望我,生来没有照过相,
我拿眼睛喊冤枉,
眼睛喊冤枉,心里却打量。
看来官的马,不太高,

看来路不太短也不长，
群众开了练子枪，
那个司令官，
官早有两三分马镫短那个样，
下令抓，总得有上一分两分理可讲，
下令放，总要放得脸有十分光，
为什么，这样难抓又难放？
唐澍感到这情况，
很像"四一二"的前夜那个样，
共产党领导上海工人十万，
工人纠察队拿着好几千条枪，
美英日法意，
全世界帝国主义和蒋介石国民党，
他们虽然布置了天罗地网，
却还用无数款子骗，阴谋来相帮，
这才敢下手，
"四一二"打败了共产党工人阶级的武装，
眼前觉得党的命运，
在群众，特别在武装，
他没有用尽力气，时时刻刻拼命摇桨，
忽然又听得，城门洞里传来阵阵马蹄响，
同时像有一股阴森森的风，扑到脸上，

城门洞像葫芦口,
葫芦里是毒药泡烧酒,
只要党和党的武装还有救,
他能一气喝进肚里头,
城门口像葫芦口,
葫芦里装满了反革命的阴谋,
阴谋已到了最后关头。
最后无法进城把党救,
最后还作哑巴也可羞。
马到了,三匹马,
官在前头,
他是来向那司令报告,
一到就忙举手,忙开口,
他们像说今天往东开,
却还不是军队开出来。
如果如果……
他说了第二个如果,
那司令拿眼给他暗示,
不许葫芦倒出他的毒药。
官忙下马来,
司令和他交头接耳说什么,
听不清,说些什么,

唐澍早看清，
那走狗时时观察唐澍的表情和动作。
看来城门口上这盘棋，
已经下到最后一两着，
绝对不能让敌人识破。
很想听得一点司令说什么，
他要不出一点错，
照旧拿眼代耳朵，
他的嘴也一下张一下合，
像他有话，要向那下马官说，
像哑巴吃了黄连三斤半，
实际上他像一连吃下几团火。
敌人口中的"他们"没有被吞掉，
我进城去，"他们"就还能拼个你死我活。
现在好像不是我来换我城里的党，
倒是我们党和同志们在救我。
这些坏家伙，
看来他们也害怕这着棋走错。
那张相，像不像我，
反革命抓革命者，从来是抓再说，
敌人还没有抓我，
定是城里的矛盾还很多，

冯玉祥手下的这些家伙,

冯打一下动一下,

冯踏一脚动一脚,

冯也害怕他全盘的反共阴谋一下被戳破,

他们害怕共产党来一个猛打猛戳。

冲开网,戳破天罗,

冯把西安当后方,

共产党在他后门放火,

拼一个你死我活,

冯的这些手,这些脚都逃不脱,

即使逃脱了几个,

他们不怕冯骂娘骂祖先,

只怕冯还要砍他的脑袋,

因此他们怕棋走错。

看,两个官,还在"咬耳朵",

唐澍见那司令搓眉头,

搓眉头,定时他觉得很恼火,

他们谁说今天往东开,

却还不见队伍走出来,

"如果如果如果……"

敌人不能不觉得恼火,

很恼火,恼火就在"如果如果……"

难道说抓我唐澍——哑巴,

他怕,如果抓住抓着一把火,

不抓的这又是什么?

他们怕如果就是这个哑巴,

唐的人还不知是唐,

又该冯玉祥骂娘,

骂他们这般狗只会闻臭吃屎,

从来闻不着香,

这又甜又香的糖

在口里头还不知道是糖。

两个官,"咬耳朵",

下马官,笑呵呵,

用笑代替他的话,

那笑像是说:

看,司令本领多么大,

这盘棋司令早看到,下头那几着,

我只问了三个如果,

他把三三九,九个锦囊计给了我。

转过脸,要上马,

那笑像说:

只有他才能够出这么几个"如果"来,

他比司令也差不多。

那司令像笑不像笑,
表示他有权有威,权威他最高,
他出了计谋,计谋也数他的好,
计谋里有万把杀人刀。
他等那个官,上了马,
司令说:如果如果……
　　　　马上给我来报告。
唐澍听得司令的两个如果,
唐澍看着两个敌人"咬耳朵",
他在暗自把牙咬,
他见敌人笑,
他想起列宁说:
"谁笑到最后,谁笑得最好。"
他心说:
我们一大笑,
全世界的工农劳动者都翻过身来了!
唐澍现在不能笑,
他心想真有这许多"如果"那就好,
敌人怕我们"如果"
这便证明我的西安同志们,
多数没有睡大觉。
同志们起来战斗,

可能不在今早就要在今宵。

你四四方方一座城，

你像牛皮灯笼一个样，

表面上看不见你有多少亮，

我看见，我的共产党，

正要发出火来射出光。

那个官，举过手，

刚勒马，要回头，

城内马蹄响，

响声又传到城门口，

这一趟跑马特别快，

城门里，马都让路给他走，

一前一后来两个官，

汗在他们脸上流，

没听见枪声，却还像没有发生战斗，

前头那官刚举手，

报告两字说出口，

唐澍听来是枪声响在城里头，

敌人多半扭转头，

惊惊慌慌先朝城外头望的也有，

唐澍几乎忘记了他自己是哑又聋，

扁担紧紧握在手，

英雄们，请让我感谢

不等敌人下毒手，
先打碎他的阴谋，
如果这一枪就是起义的信号，
枪再响，你死我活的战斗开始了。
蛇无头不行，
多么巧，
城门洞口正是蛇的头，
你先冲上去，领头打头，
先不让这蛇头溜走。
他相信，只要他一吼，说我是共产党，
革命的话一冲出他的口，
九条扁担定有大半会跟他去战斗，
听再听，再也听不到七嘴八舌枪的响声，
那司令，命令那个参谋快快去打听，
哑巴听得清，看得明，
枪响那一声，
这司令早吃了一惊，
使劲叫脸色，
帮他很快表示镇定，
镇定盖不了他发抖的声音，
开口就骂来的人是笨脚笨手，
妈的要我等你这么久，

这个事情都弄清了没有？
唐澍听得这一个官说出口，
又想是追赶他的人马跑到城里头。
那官说他看起来，
那马一定有几天吃不够，
骑的人像不管马要吃要饮，
马整天跑得气喘汗流，
到夜间，骑马的，也像不懂得，
要牵马，慢慢遛一遛，
快进西安城，
看来又是骑马的心太急，
马乏得要命，还要马跳沟，
因此马一跳，马和他一齐摔在沟里头，
摔断马腿，摔烂了他的头，
他说马瘦只剩下皮包骨头
他敢断定马已经不能救，
这马是冯玉祥骑过的那匹枣驹，
冯给这人骑他这匹马。
唐澍没有忘爸爸：
船不吃能开，
马不吃就不能跑，
敌人又要马跑得好，

又要马儿不吃草,
难道是马倒,他狗也倒了?
爸爸还不能想到,
阶级斗争尖锐时,
斗争要斗到一丝一毫都不把对方饶。
唐澍常在斗争的最尖端,
工人流血流多了,
磨尖了他的每一条神经,
因此他料到:
为把我唐澍抓,
跑死了狗,冯玉祥的马也跑出了。
一个说:怎么给总司令打报告?
他用嘴指旁边这一个,
说:报告由这个医生起草,
他给司令想好了。
那医官,像一连挨三个耳光,
打得个闷头闷脑。
这狗骑得冯的马,
定是一个来头大的狗,
唐澍在听在判断,
那官又说,司令你走后,
他又给打吗啡针,六〇六,

还把他的牙齿拨开灌过鸦片烟,
看来是脑筋摔出血,
怎么都不能使他开口。
他的服装里,
仔细找过仔细搜,
除了三张相片,
除了他的身,翻看他那十指,
发现手心有一首诗,
这首诗刻在岩壁上,
他是照抄下来的。
可疑的东西再没有,
后来灌了鸦片烟和酒,
眼睁眼,比比手,
看样子,又是要笔来写字,
好半天,把他写的拿来拼命来凑,
仍然是,抓,唐,暴,北那四个字。
那司令忙插上口,
问说:还是那抓唐暴北四个字?
回答:是,再的就没有。
我们知道司令在等候,
一见他断了气,
紧忙就往司令这里走,

看样子,一定还有人骑马随他来,
只要再等等,就能水落石出。
唐澍早想到,
再等,等来了他的死对头。
想到死对头,
心中的仇恨几乎冲出口,
不好冲出口,
转了一弯冲上手,
两只手拿着扁担一扭,
像一手抓住敌人的咽喉,
一手抓住头来扭,
扭断敌人头。
唐澍猛见那个官,
像是什么使他吃了大惊,
忽把口张大,话不能出口,
话往肚皮里倒流,
扭得扁担格查格查响,
猛然吓得说着话的猴,张大口,
他的话吓得折回头,
折头来往肚皮里倒流,
同时转眼来把唐澍瞅一瞅,
瞅得唐澍猛想起,

我扭的弯来是一根木头，

既然他，觉得奇怪，

他才把我瞅，

你眼里开了个奇怪的头，

我就好把他引在奇怪路上走。

大概是军医官，

马和人才要他救，

要抓我，

似乎也要等你报告才动手，

好嘛，我要你往奇怪的路上转念头。

唐澍故意把那扁担扭再扭

这一下，他要扭扁担能出水，又扭出火，

扭破他的手，扭出热血往下流。

他要用血迷惑敌人，

他要用血来领导群众战斗，

那司令对那官说：

医官你瞅他，仔细瞅几瞅，

把这张照片拿去对着瞅，

给了相片后，又说：

瞅对了，割下他的头，

祭奠他冯总司令骑过的那一匹枣驹。

高个子的那个狗，害怕功劳被别人抢走，

忙对医官说:
司令曾经吩咐我:
"千万不要打草惊蛇,
先把住这个口子,
看谁可疑谁不可疑。"
说到这里很得意,
表示他真是反革命的忠臣孝子。
又说:
我完完全全遵照司令的吩咐来办事,
他指哑巴说:
医官,司令说你瞅他要瞅个仔细,
仔细瞅,还得仔细想那"抓唐暴北"四个字。
我一看见这个人,觉得有些像唐澍的样子,
眉和眼就很可疑。
爸爸说:上帝上帝,
我姓姜的老汉,一生只有这个哑巴儿,
我听说来的是医官,
我问你医官,天生的哑巴能不能医,
能医,你快给我医,
我这不能说不能听的儿,
性子实在又野又顽,顽得像畜生又像一块顽石,
那走狗狡猾地冷笑一声说:

医官你看个仔细,

这人是不是哑巴我也很怀疑。

爸爸大声说:上帝,司令,医官!

这个官,他说我儿是哑巴,他也很怀疑,

爸爸转脸对群众说,

俗人说,众人是圣,

我说官,还得众人公断;

我要请这个医官,

当众把我哑巴儿的喉咙割开,

叫你大家都来看,

要医官能说明我儿不哑,

我愿自己拿刀来把我的喉咙也割断,

我百姓命贱,

老百姓命贱不值钱,是不值钱,

我父子,要死死在众人前,

我只求众人给我父子伸伸这个冤!

练子嘴急忙又接上:

喂喂喂,

自古道:拿贼要拿赃,

捉奸要捉双,

你们捉拿人,

凭有相一张,

英雄们,请让我感谢

我众人,眼雪亮,
雪里埋不住死人,
把那相片给我众人好好望,
叫我众人看看那张相,
一有我众人,
二有共产党,
三有你好军队,
你们当兵的,个个臂膀上带的有徽章,
"不扰民,真爱民"
六个字,清清楚楚印在你的徽章上,
怎么怎么怎么,你这官,
你总不能叫我百姓喊冤枉,
你把百姓拦,就凭有这张相,
那张相,
你不敢给我众人望一望,
冯总司令要夫,
我们就出夫,
冯总司令要粮我们就出粮,
西安开大会,
冯总司令也曾给我百姓把话讲,
有理走遍天下,
无理寸步难行,

你有理把理给我众人讲一讲,
你不敢给我们看那张相,
你有理你快出来当众讲一讲。
众人齐声唱:
你有理,你快出来当众讲一讲。
练子嘴,又接上:
"你医官,你不能说黄连苦,
也该知道黄连苦,
苦你都不替哑巴讲,
医官,你不好丧尽天良,
司令官,他只管发号施令,
号要人吹号才响,
司令员已经命令你吹号,
你医官,咋想咋想你要凭天良,
司令官呀司令官,
请凭你的天良来公断。
我众人,请求看看那相片,
你说一声应该不应该。"
见那司令官想开口又不开口,
练又练:
看城门口上只有十根扁担八对桶,
城门外,我农会会员有了百千万,

你把事情秉公来公断,
百姓叫你作青天。
有我这方军队在西安,
抓人就不许随便。
逼得那司令,不能不顾他的脸,
他吼说:那相片,应该叫他百姓也看看。
你手下,这个官,
他硬逼着哑巴吃黄连,
啊!看看看,我众人,大家看看,
这个官,他逼哑巴吃黄连,
哑巴有多苦,
苦尽心来苦尽肺,
苦到哑巴心血往出冒,
冒到哑巴手中来,
冒到哑巴的扁担在流血!
唐澍听说他的扁担在流血,
喜进他的心来欢进他的肺,
他要扭得扁担流鲜血,
血能从扁担扭出来。
无产阶级革命家非常能干,
时常能够拿意志来调动一切,
旁人觉得非常痛,

革命家觉得非常痛快。

唐澍想：

群众要看那张相，

敌人不敢拿给群众望一望，

可能是看来我现在大半不像那张相。

扭扁担扭再扭，结实扭，

群众要看相，

敌人不敢拿出手，

群众火起来，火上加好油好战斗，

群众的口成了他哑巴的口，

他的血，不断流，

血不断鼓动着群众的舌头，

群众舌头接着响，

你一言我一语，好似你一刀来我一枪，

有的说：

他有伤心话，口不说，心会伤，

口不能讲，血来讲，

我们不聋也不哑，

定要替他喊冤枉，

当官的，国民党，

昨天你还叫革命，

为啥今天你不像一个革命党，

快给我们拿出那张相,

众人看,众人望,众人眼光比雪亮。

众人喊:快给我们拿出那张相!

   众人眼光比雪亮!

群众喊得轰轰响,

喊得马惊官又慌。

那司令大声喊:医官!

老百姓有这么大的胆,

胆敢当着士兵的,来扫官的脸。

冯玉祥反共的面皮还不便撕开,

听得呵的是医官,

群众只把喊声停下来。

想叫开枪吗,

他怕他的枪反而打掉他的官,

呵群众,呵不下,只得改口呵那医官。

群众的喊声如同海上风吹起,

他的呵声只像一个癞蛤蟆在打嗝。

他呵说:医官!你这么混蛋,

我叫你看人看照片,

你看了半天,

你还看不出个红黑来?

你是医官,你该给老百姓讲,

这个人和这张相，
眉和眼，哪点哪点像。
唐澍听得这些话，
暗想这个家伙很狡猾，
表面上，他像把这个医官骂，
实际上他说"眉和眼，哪点哪点像"，
他给这个医官递了刀把，
恨敌人，唐澍恨得咬断牙，
他现在，故意咬，猛一下咬了他的嘴巴，
那司令他也不得不又对群众说：
当然要先说，他们是冯的军队，
素来"爱民"不"扰民"，
只因他接到紧急命令，
要抓相片上这个人，
他才临时下了戒严令，
本军绝不冤枉一个老百姓。
把众人迷惑了一下，
他才又叫那医官，
你给老百姓说吧。
唐澍没开口，
群众又已听了他的话，
他的话流在两嘴角上，

英雄们，请让我感谢

一滴血，一句话，
那医生看相片，
又看一下他，
看了他又看群众，
他的心七上八下，
他摸摸脖子像是一个哑巴，
练子嘴又练：
医官呀，医官呀，
要说你凭良心来说话，
不要昧着天良来把好人杀，
你该做个救苦救难活菩萨，
黄的口，白的牙，
你若昧了良心说了假，
众人眼睛雪亮呵，
像不像，
到底还要众人来说话，
说吧，你凭着良心先说吧。
"好，我，我，我说吧。"
医官说了这句话，
人都要听他说的啥，
城门口忽然静悄悄，
只听得唐澍扭着扁担响咯喳，

群众里有人切齿咬牙。

慢腾腾，医官说话，

他先前说话还清楚，

他现在吐个字结结巴巴，

他看左看右，看上看下，

看得出，他怕挨骂，更怕丢了官。

现在更怕众人抡起扁担来揍他。

他说：

> 他把人和相，
>
> 对着对着来细看，
>
> 我看眉和眼，
>
> 眉毛像六分，
>
> 眼睛像一半。

听说眉眼像，

爸爸急忙就喊冤。

那医官说到眉和眼，

看司令，司令微微给他把头点，

看那狗，点点头又笑上脸，

他却没料到，

老艄公抢过口来大喊冤。

"医官！我儿生来没有照过什么相，

定是魔鬼迷了你的心眼，

魔鬼要你昧天良，当众人胡捏乱编。"
这一回老艄公拿出的话，
不像熟透了柿子那么软，
也不像铁针那么尖，
可像尿泡打满气，
打着那医官的脸，
脸灰灰的医官，
气鼓气胀说：
"你敢说我胡捏乱编？
你看你看……"
他把相片扬起来，
仿佛听得有人说他是菩萨不灵验，
不配受百姓的香烟，
他急忙拿金来往他脸贴，
这一个知识分子的官呐，
他急忙来顾他的脸：
"你看，我说眉毛像六分，
眼睛像一半。"
好像说了这话才扬起，
没有司令的同意，
他把相片扬起，
那司令可能拿个什么苦头给他吃，

赶快把手缩回去，
说他司令的心就像天平一样平，
他当众拍那狗司令的马屁。
唐澍只把眼睛一扫，
重要的都看到眼睛里头了，
三年前进黄埔军官学校，
拍了这么一张相，
才三年，他不能完全改变他的眼睛和眉毛，
他见相片上有共产党人唐——
唐下还有字，字不少，
他心想，他先前的估计还不错，
冯玉祥叫公开反共的命令还没到，
敌人才不敢拿出这张相给群众瞅一瞅，
这医官，这资产阶级文人泄密了，
唐澍想，劳动能创造一切，劳动能改变一切面貌，
我革命会随时改变了我的眼睛和眉毛，
他的眼眉是否改变了，
没有镜子给他照一照，
他自己还不知道。
唐澍一边拿眼求群众，
一边指相片，表示应当看相片，
唐澍没想到，他的手还没比了，

老艄公猛然间哈哈大笑,
那笑声好似山洪奔黄河,
大河水猛然间,水哗啦啦涨了潮。
艄公笑着大声说:
你看天上的白云地上的雪,
你叫百姓纺成线,织成布来穿,
黄河水,渭河水,
你说那是煮滚的黄米饭,
吃百姓吃,
不单我众人拿眼睛看了那张相,
你说眉和眼有几分和我儿一样,
"好",爸爸揪住唐澍一只耳,
大声说,我求你大家仔细瞧来仔细望。
唐澍心里暗喜欢,
爸爸真有胆量,
唐澍要自己七分顺从,三分像反抗,
头要表示脾气十分犟,
冤枉上又加要表示很冤枉,
爸爸扭着唐澍耳朵转一转,
又笑说,天生人,世界大,飞的走的,
谁无老子谁无娘,
谁无眉毛一对,眼一双,

你敢说相上那人像我哑巴儿,

我就敢说画眉鸟,鹦鹉跟你也相仿,

众人眼雪亮,

众人的心是天秤,

我敢说千千万万的众人都不会和你说的一个样,

若是他众人说的和你一个样,

我不劳你动刀枪,

也不要谁把命偿,

看我大笑一声撞城墙,

众人眼睛也瞎了,

我还有什么活场?

练子嘴紧跟上:

> 众人眼睛比雪亮,
>
> 众人心,比他秤药的天秤还要强,
>
> 说实话,凭天良,我也看了那张相,
>
> 庸医杀人还用药,
>
> 你这医生口一吐出来就是杀人汤,
>
> 你没有真本领行医你改行,
>
> 今天要当革命军医官,有本领你还不能昧天良。

练子嘴和众人——

> 革命军的医官你要当,
>
> 有本领,还靠你昧天良,

看！相上那人好比赵云，

这哑巴好比周仓。

另一练子嘴接上说：

比得像，比得像，

我看相上人好比张良，

摆战场，九人九马九根枪，

这哑巴倒有点像兵团九里山，

困疲了的楚霸王，

我众人的心，比你什么良药都更良，

天秤平不过我众人的心肠。

练子嘴接上说：

你比的，我比的，

我众人说圆他说方，

我众人，教化你这医官昧天良。

练子嘴：

自从皇城改名叫红城，

工有会来农有会，

我们这些泥巴腿，

多少回到过西安城里来示威，

你不见，一个多月前，

锄头队，铡刀队，梭镖队，

我们示威的队伍赛过发大水，

我们喊口号，赛过满天打炸雷，
　　你莫以为西安城墙推不倒，
　　我们泥腿子一发威，
　　你有万里长城也能推，
　　你还没把天良昧，
　　你就把那相片交给众人来细看，
　　只要众人里有一半说你对，
　　哑巴他大，他愿撞死在当场，
　　我也愿拿出一命来相陪，
　　众人要打这个抱不平，
　　我来跳下油锅，
　　当众死也不后悔。
　　你不拿给众人对，
　　你就不能死死咬住人，
　　甘心做一个缩头的乌龟！
众人：是呀，
　　你不能死死咬住人，
　　甘心做一个缩头乌龟。
城门里又传来马蹄响，
那些官都回头望。
唐澍觉得群众亲，
亲过他亲生的娘，

老艄公如父,
这个练子嘴亲如娘。
革命生死关头上,
群众能破性命来帮忙,
他觉得群众帮的不是他个人,
群众帮的定是共产党。
有意使我和那相不一样,
他装哑装聋啥都装,
他想他怎么装,只能使人看来有点不一样,
不能叫人说根本不相像,
群众却敢说根本不像,
敢说敢当敢拿革命来保护共产党,
他心欢畅,
怀抱这颗心,
站在昆仑山顶上,
歌唱群众和共产党,
他的唱,会出几条河又几条江。
马蹄响,敌人官回头望,
唐澍不望城门却望练子嘴,
他拿眼和心亲亲热热照了他们相几张。
唐澍想:
冒过这一险,同志们,拿起枪,

斧头镰刀一齐上战场，
战场上不能少这样的练子嘴，
一根革命练子响，
能压敌人万条枪。
一定要把这个练子嘴的容貌来记住，
定要找他参加革命的队伍，
他的两眼很像一对鼓，
　　头像一口铁的钟，
　　胸像一个铜的鼓，
　　手臂就像两只钟。
只要革命风一吹，
吹进他的良心内，
良心拿起锤来把鼓擂，
鼓把舌头鼓动，
舌锤钟，钟声响出他的嘴，
响得像滚滚的江河滚滚的雷。
钟鼓下两只腿，
好像是，原来生在地球内，
得了共产风一吹，
泥腿架上鼓和钟，
响如江河响如雷，
滚滚水声滚滚雷，

练成他的练子嘴,
练子嘴歌随着共产风,
他拔起腿子跟随,
一步就解放泥巴腿,
二飞解放全人类,
三飞要共产风把宇宙和人类
架着跑来抬着飞。
跑马失去了节奏,
想是骑马人的心,乱了步骤,
城里头什么"如果"发生了?
听说一声:"报告"——那是参谋,
新情况下面,准备新战斗,
为把情况弄清楚,
唐澍像木偶,
线一牵,侧过头。
那司令不等参谋往下说,
急问:开拔了没有?
参谋说:他们说马上,马上,马上,
我催了又催还不见走。
那司令发脾气,
司令骂说:那么你给我报告个屁。
敌人本来有裂缝,

矛盾能使裂缝变裂口，
唐澍希望那个裂口开，
等着他的情况往下流。
没有到，那司令发脾气，像个野兽，
那参谋却还像个哈巴狗，
他把马，勒到司令旁，
勾过头，嘴旁递上一只手，
那司令，自然地把头往他这凑一凑，
敌人官兵不敢动一动，
看参谋给司令悄悄出个计谋，
唐澍却连呼吸都像停止了，
听出啥阴谋，
他才好战斗，
唐澍听到没有：
恐怕是缓兵之计，
总说走又总不走。
城门楼，指挥方便，
司令顶好到钟楼。
最后听得"打草惊蛇"四个字，
再听听不出，话像斩了尾又断了头，
只见他伸手来像要抓，
那司令，像要吞，张开口，

他们更比蛇毒,
毒蛇要把什么吃到口,
他像口要吞,
同时要把什么抓到手,
还怕他手里口里的什么,
怕他要逃走。
那反动司令,点点头,
看来他已采纳了新的阴谋,
他有几分喜,却也有分愁,
这步棋,走错了,
要是党早有那"缓兵计",
缓一下,共产党的人,
城里城外齐动手,
革命的火山一爆炸,
炸碎敌人在火山口。
点头后对那参谋说:
你把这边处理后,
你也赶快到钟楼。
他又慌忙勒转马,
马队随他走。
唐澍想,他叫兵来抓,
我就拿起扁担来要打,

如果群众不能来把我救下,
抓去吧,我哑巴也要到十字路口去讲话。
没见狗嘴里长出象牙,
那参谋,他说他们司令官,
真算恩高义厚,
因为爱百姓,才把百姓拦在城门口,
怕坏人混在百姓里,混到城里头。
唐澍等他下令抓,
说了几句话,抓字不出口,
也许是抓的这个字,他要安排在最后,
扁担紧紧握在手,
要说抓,先得说这个哑巴很可疑,
也才好在群众面前来动手。
没料到,
这参谋,突然变成一个断尾巴狗,
突然说:
现在,随你们进出,
要知道,司令仍然保护着你们的自由。
有了他冯总司令的军队,老百姓才有了自由,
转脸对兵说:
让他们走。

瞒过了敌人,当然我要快快走,
你还是阴谋,另外来一手,
我怕啥?
我敢闯进你的口,
就要闯进你的喉,
心中话是这么说,
看样子他犟得像一根木头,
他顽强仍然一只野牛,
老艄公急忙来把他的耳朵扭。
扭了他推他走,
他一边走,一边转对群众练子嘴,
他却不忙走,
点头点头再点头,
他向练子嘴连连点头的时候,
真是有像千里来相会,
相会在这城门口,
感谢众人来搭救,
却很舍不得就分手。

进得城,迈开腿来走,
唐澍在爸爸右,
看是并排走,唐澍要拿行动来带头,

爸爸扛扁担,
唐澍还把扁担握在手,
唐澍心想到:
城门口,敌人要抓的我唐澍,
唐澍还没抓在手,
城里头,抓我的手街头巷口一定都会有,
进城当然还要像个哑巴愣头青,
谁来把我惹,把我逼,
哑巴我至少要唾你一口,
你抓我打我,
我不把你打倒誓不休。
头一次,大革命那时期,
我们中共陕西省委在西安,
省委的组织部长是李子洲,
上一次,子洲和唐澍谈过话,
说了通宵,唐澍才派走,
他希望立刻找见李子洲。
进得城,迈开腿来走,
心喜快要找到党,
看哪里,哪里都像看见李子洲,
子洲三十才出头,早把胡子留,
深思熟虑时,

眼睛常像在往里收,
唐澍心中共产党,高过一切,大过宇宙,
唐澍心中的组织部长李子洲,
革命思想家、组织家特长他都有,
有胆有智谋,
三分冷那是他有一个冷静的头,
表面三分愁,
为党为革命,日日夜夜要思谋,
他的心旁是两个熔铁肝,
一炉铁水时常在奔流,
缺点也还有,
无产阶级思想政治敏感还不够,
别的同志说,怕子洲,
敌人骂子洲,是个阴谋家,
唐澍却说,对阶级敌人,
子洲有许多不必要的过于忠厚。
打得响,放得亮,
革命领导人,唐澍遇见的,
不止一个李子洲。
不奇怪,听,右倾领导者,西安也有。
唐澍和那时的省委书记谈过话,
谈话后,

唐澍心里骂他西安陈独秀。
唐澍迈开腿，
三步当作两步走，
现在他的腿像飞毛腿，
他的心像孙悟空在连连翻筋斗，
要翻出敌人的手，
马上就能见李子洲。
你看，长安黄土路，
两对赤脚飞飞走，
心想要把革命重担挑到底，
眼前好似挑重担，赶来把党救，
唐澍不知不觉抡起手，
手把扁担放在肩上头，
好像挑子的重量还不够，
一手左，一手右，
两手紧紧压着扁担走；
进得城来飞飞走，
飞着腿来转念头，
李子洲正在念头里转出来，
想到这里，忽展两道眉，
念头忽然飞向钟楼，
望大路，望四周，

英雄们,请让我感谢

觉得空气有些冷飕飕,
敌人兵巡逻在大街小巷口,
敌人有巷战阴谋,
火盖没揭开,火焰却还不太露,
西安大路直,一望望能望到尽头,
望不见有风尘仆仆的人马,
这一会,连只平常马也不见走,
心想飞,有可能平安到达党机关的门口。
眉间不见了深渊,
眉头展得像平川,
汗珠滚滚川上流。
爸爸看见这平川,
也忽然丢开脸上愁,
心暗想,一定是唐澍转眼就能找到党,
再走几步就到他的家门口,
爸爸爱看戏来又爱唱,
爸爸小声唱:
　　　　古时候,王莽他派兵抓刘秀,
　　　　到处抓来到处搜,
　　　　有英雄我保刘秀,要保到头,
　　　　哪怕我为刘秀一命丢。
唐澍感激爸爸,

把爸爸望一望，

看今天，共产运动像刘秀，

英雄们保共产要保到头，

看明天，共产风吹全宇宙，

  共产手抱全地球。

像是前头，挑中国共产党和工人农民的命运，

后一头，挑全中国的土地与河流，

飞走几步后，好像觉得担子重量不够还不够，

两只手紧紧压再压，

好像前头，挑世界共产运动的命运，

后一头，挑劳动人民争来的这个地球，

像是资本家地主死死抓着这个地球不放手，

共产党领导工农一脚要把那些坏蛋都踢倒，

这一踢，唐澍右边那赤脚，

感觉下面踢在了拳大的一块石头，

觉得脚踢痛，

看看脚和手，都有血在流，

唐澍暗暗笑自己，

走着梦来梦着走，

清醒，清醒，在暗叫，

战士梦里有清醒，才好战斗，

全宇宙，飞的有，走的有，

英雄们,请让我感谢

唐澍和老艄公,

走着飞来飞着走,

估计那参谋,

定会派人来盯梢,

要在城内来动手,

为头盯梢的定是那便衣走狗!

敌人看我哑巴飞着走的样子,

我有飞着走的理由。

走进城门后,

不见盯梢的,梢在背后,

心估计,已经走了这一阵,

若回头,可能发现那盯梢的狗,

一扫眼,眼一扫,

眼要灵过那战场的扫雷杆,

左前右方扫清了,

现在要借故,

借故来把后方扫一扫,

恰在这时候,前面风吹来一层灰往后流,

正好借他做理由,

转转转望望望,一转转头,

头要转,却想到,

若是盯梢的,已经在后头,

盯梢的又是老手,
他从城门放我走,
他在放长线来钓大鱼,
放了长线放不够,
他正希望我回头,
望我无意把真相露,
扫见背后,
不愁无借故,
要把敌人迷惑在迷惑,
背后戏得先做够。
好演员都会演背后戏,
革命家,也用背后进行战斗。
唐澍的眼神,艄公的马头,
唐澍给爸爸递了个眼色,
要爸爸想法望一望,
前后面,没有盯梢来的走狗。
经过了几天的战斗,
爸爸想,回头他也该有个借口,
爸爸正要回头,
这时候,迎面风又来,
一层灰土在往后流,
这一下风灰引起了新念头:

像龙眼，忽变凤眼，
他的眼和头，随着风沙逐渐往后扭，
风沙滚滚流，
几乎淹了那走狗。
唐澍要给爸爸使眼色，
叫爸爸不要回头。
恰在这时候，路旁碰见一只狗，
爸爸装得乡下人怕城中狗，
侧过身子，害怕撞着城里人，让开走，
这一让，随便朝后扭着凤眼望，
真的望见那般狼，偷咬狗。
爸爸也曾想：
敌在我前，敌人又在后，
滑得像一条泥鳅，
我捉他，不能一下捉在手。
如果在上海天津武汉或是广州，
大街上，来回溜，
小路弄堂到处有，
像这敌人，
唐澍能把他耍做猴，
有时候，唐澍把敌人引到工人群众里，
眼一动，嘴一努，群众起来揍，

有时候会揍死几个老鼠几只狗，
有时候拿绳子捆起来，
捆绳上面插木牌，
木牌上把罪状写，
还要写上几个字：
　　　工人纠察队判决。
看清了，后面有盯梢的狗，
路那边，盯梢的，可能还有，
敌人盯着我们，
是不是往军事学校那方走，
转小路，来一趟跑步，
却担心，路不熟，
能进不能出，
眼前只有半顿饭的路，
分分秒秒莫误，
忽见远远蹦来一匹马，
马是蹦又是跳，
难道是战斗要爆发，
那司令派这快马来传达，
难道是，那司令先说放我走，
他后悔，现在要来把我抓，
不像是黄河边追来的马，

看来那马跑得一点也不乏,
要看人,前头那个看得清,
城门口才见过他,
后头那一个,难道是追来的对头冤家,
前头马跑尘土飞,
唐澍看得眼发花,
爸爸拐了他一下,
看眼色,爸爸给他递话,
话不能讲给哑巴,
听爸爸来一回自拉自唱:

　　过五关来斩六将,
　　过黄河来斩蔡阳,
　　你看那关云长,
　　你看他衣装,
　　黄不蜡蜡一身黄,
　　黄土飞,黄尘扬,
　　拖刀计,斩来将,
　　关公才能会见猛老张。

唐澍听他这一唱,
唱里有计有方向,
他黄河练出来的老艄公,
他一眼就望穿那个黄,

啥地方，有暗礁，
啥风向，遇大浪，
比指南针，更会指方向，
眼比探照灯，更明亮。
老唐喜欢猛老张，
倒不喜欢关云长，
猛老张心又忠又直爽，
他猛得处处有立场。
猛老张要比这个老爸爸，
还得加上一个诸葛亮，
既然爸爸唱有计有方向，
紧急关头上，莫错转眼的时光，
唐澍飞过眼来给爸爸，
眼里有心在唱：
就要用，那个计，
就要走，那方向，
舵由我来掌，
你们拼命来摇桨，
心想虽然路不熟，
学校就在鼓楼那一旁，
上海工人暴动时，
小斧头，也能缴了敌人的一些枪，

何况扁担拿在我手上,
心快想,眼快望,
望前面,大路旁,
再走十来步才有条小巷,
虽然有点急,一点都不慌,
再一望,那黄蜡蜡的家伙,
这一望,牙齿磨得蹦蹦响,
那就是美英帝国主义养的那只狗,
蒋介石那帮狗里的一员将,
偏偏这一望,
人的眼光碰着狗眼光,
那个狗杂种,本是狼,
帝国主义把他训练成猎狗,
找不见也会闻香,
眼光碰眼光,
唐澍见他忽然眼一缩,口一张,
觉得像老唐,却还不能断定是老唐,
扬起马鞭子,要来近处望,
老唐原想,望一望,
既然眼光碰眼光,
敌人觉得我又像又不像,
我就不要挪开眼,

拿眼跟他跑马一小趟,
叫他只能觉得又像又不像,
赶到那条巷,
我一溜,溜过三门峡那样,
一溜要溜过几条巷,
路旁有行人,
眼都跟着马奔走,
唐澍料想后面那盯梢的狗,
那是追我来的一个死对头,
马奔来,就为把我抓到手。
离巷口,只两步,
唐澍碰一碰爸爸手,
到巷口转身横着走,
半个身子进巷口,
再几步,就能溜就能逃,
但在这时候,盯梢的狗,
也望见那黄蜡蜡的人在打马奔向城门口,
这时候,狗眼可能盯在马上头,
盯梢的狗可能猜想:
马奔向城门口,
许是有命令不放我走,
这时候,可能更要盯我,怕我逃走。

如同水到三门峡，
水转水急流，
唐澍急转半边头，
瞟后面那盯梢的狗，
这时候，那狗眼果然望在马上头，
急转头，轻轻喊出一声"快"！
如同箭，射出手，
又像水出峡来那一溜，
突然听得哑巴儿开口，
相信哑巴儿有勇有谋，
冲过这一关，
一定会得救。
唐澍有点担心爸爸跟不上，
急着往前溜，
却想要把步子扣一扣，
不要哑巴儿但这个心，
哑巴开口，共产党得救，
天能翻，地能复，
爸爸反给唐澍喊了几次"快"，
爸爸像东风紧紧把船兜着走。
他们俩，
你给我鼓劲再鼓劲，

英雄们，请让我感谢

我给你加油再加油。
唐澍只管往前奔,
心想人要来挡我,
宁可把他闯倒,绝对不要停。
爸爸望见前边有人,
爸爸更喊"快",喊不停,
他心想,我像催着儿去谋生,
人就可以不疑心,
越是往前跑,
路越冷清清,
看见一个叫花子,
扬起他的那条打狗棍,
仿佛要挡住他们,
唐澍看见那条棍像一根蚂蚱腿,
要来挡住飞滚的车轮,
他不愿撞倒瘦筋筋人,
跑的时候丝毫觉得不能停,
好了,不等唐澍暗中感谢那个叫花子,
看见他又收了他的棍,
看见那眼神,他求财挡路存好心,
唐澍想问他一声,
却听得后面有人叫"追!追!追!"的声音,

英雄们,请让我感谢

哨子也响了,
哨子吹得一声比一声紧。
跳过去,才听得叫花子叹说:
讨饭的找不着庙门,
你走路,偏偏要往死路上行。
听他这一说,
由不得心一惊,
这里刚刚要转弯,
唐澍一转弯处向前看,
前面三丈外,
墙把路截断,
墙那边有几棵树,
树梢上有几朵石榴花在开,
看来那是一个小花园,
园里住的什么地主什么官?
一看见路断,
转弯处,站一站,
折头望,远远望见小路口,
许多人,拥进这条小路来,
最明显,那个死对头,
　　那黄不蜡蜡的骑马官,
敌人多,敌在后追赶,

唐澍对爸爸说：路死，人活，

爸爸说：对！

　　黄河冲过多少山，

　　　保护你能脱险，险上我也能行船。

爸爸说得唐澍心喜欢，

心喜欢，嘴一喊，

一边跑，一边喊，说："爸爸跟我来！"

跑着又再看，看那墙有丈来高，

墙头有铁刺，刺像箭，箭朝天，

一看就想到，墙里是什么官的小花园，

花园中有几棵树，

看见几朵石榴花在开。

红透心的人，看见红透心的花，

红心要红花开遍天下，

火越红，焰越高，

心越红，越会想法，

唐澍蹲在墙跟前，

说："爸爸扶扁担，

　　踩上我的肩。"

爸爸也蹲在墙前，

忙说："只要救得你，

　　我死也心甘。

快快踩上我的肩。"
唐澍只得把老人,当作小孩,
要满足小孩的心愿,
还要小孩子,立刻跟上大人来,
他忙说:
"爸爸你先上,
才能把我拉上墙。"
爸爸说:
"原来是这样。"
踩上肩,扶上墙,
拉练能够走断崖绝壁上,
拉练,荡桨,不怕他什么风浪,
爸爸使尽他吸奶的力量,
扳着墙头那铁刺,
不怕铁刺能把他刺伤,
手一扳,脚要跨上,
如同骑马那个样,
俯下身子来,立刻就把唐澍拉上墙。
唐澍站起来,耸起肩膀,
唐澍支好裆,
耸起他两个肩膀,
站直了,仰头翻眼望,

不等爸爸说,离墙头,还差两巴掌,
他用眼睛测量过,
他叫爸爸踩到他的手掌上,
举起爸爸来,
恰恰能扳到两根铁刺上,
手一扳,脚一蹬,
腿一跨,没有跨上墙,
唐澍感觉到,
爸爸那一蹬,
蹬得两手膀,多少有一点摇里晃荡,
应该给爸爸更大的力量,
他忙说:爸爸手扳稳,
等我扁担给你撑,
唐澍拿扁担,脚底下一撑,
爸爸一跨到墙头,
耳朵里,灌来了敌人追喊的声音,
一转头,他要俯下身去拉唐澍,
一转头,望见那官兵,
马身上黄不蜡蜡那只狗,
一边扯着马缰绳,
一边拿短枪,
他那狗口和枪口,

专吃世界的好人,
他们离那转弯处,
只有十来丈的路程,
那些狗,
特别是上海追来的那一只,
追到这里他高兴,
他以为共产党人走到死路了,
革命家的死路上,开着他反革命升官发财的门。
看不见,早听见狗杂种越追越近,
抢时间就是生命,
时间爱把自己送给为革命而拼命的人。
自古说,人急生智,
革命家在革命生死关头心急,
突然间,灵窍能为革命来开门,
一见爸爸上墙头,
不等爸爸转过身,
拿扁担,猛一冲,
地面冲开一个小格楞,
扁担一头插进格楞里,
一头顶着那靠墙身,
看来扁担像陡坡,
正要拿脚蹬一蹬,

使坡能够跑得成，

听得爸爸喊声"快"，

他回答一声"接"！

一根扁担递到爸爸手，

立刻退回几步来，

革命使得父子俩，

心印心能相印，板合眼，

锣声陪得好鼓点，

见爸爸骑在墙，伸手把他来接，

他眼一看，心一算，

腿一弯，脚一踮，

刚踮脚，听得马蹄响，人乱喊，

敌马已经追到那转弯，

个人生死早抛开，

心虽急来心不乱。

有消灭敌人的雄心大胆，

能藐视一切敌和困难，

别人看是独木桥，我看是大道阳关。

敌人追来来得好，

等于来给他推波助澜，

唐澍一跑上扁担，

像个年轻的鸽子猛然向上钻，

爸爸他真像是他的心在龙口里,

龙口里要夺出他的红心来,

他见他的心,快过箭,

猛一下,就飞上墙来,

他老鸽子翻身翻半边,

两翅两膀伸来把他接,

爸爸看唐澍,

唐澍像从绝壁鼓劲上悬崖,

老艄公把墙头当作他的船,

把那扁担当河岸,河岸是绝壁悬崖,

好比是水涨船高难靠岸,

现在把心里人接上船。

心快,眼快,脚手全要快,

心要一切弹在一根弦,

一步一步踏扁担,

第三步恰恰踏在那扁担头上面,

第四步乘爸爸双手来一接,

他相信,黄河上这位老水手,

纵然是天垮天翻,

他伸出手来就能托住天,

手相手,一相接,

第四步蹬墙,

第五步就到上边。

唐澍急忙拿起扁担来，

将那一头，入到爸爸手里面，

又恐爸爸不愿先下去，

只得一边入来一边劝。

如果爸爸还没见，

敌人已经追到那转弯，

哪怕唐澍劝的话，能够装满一船，

他还说，你能先走一步去报信，

我怎死怎活都心甘，

快，你像我的一只桶，

先把你吊到墙里边。

这一回，一来没有多的时间，

二来他见墙里这林园，

深入去，像一片干了水的深渊。

墙里比墙外高一丈二三，

因此上只听说：

好爸爸吊你到下边，

不等说，你好把我接，

抓住扁担头，

脚踏墙一小段，

跳下花园，

听得枪响,
一粒子弹擦过手拐边,
又一粒打中扁担,
狗子们的喊声好像水煮开,
他们追来吃唐澍,
看来已经吃到口边边,
唐澍横起扁担来跳,
他把那扁担当作他的降落伞,
好像他还嫌那高墙不够高,
如同他在学校里头跳天台。
爸爸听得枪声响,
可就给捏着一把汗,
爸爸本来准备要接他,
看他像孙悟空舞着棒,
从天空飞了上来,
飞在空中时,看脸色,怒气冲天,
飞落地面看爸爸,一阵阵笑,如同浪花滚在脸,
这一笑,
爸爸由不得心欢,
引得爸爸一眯起嘴来笑,笑得像天真的小孩,
笑眼对笑眼,眼睛像在唱:
　　　天下道路英雄开,

死路打出活路来!
忽见唐澍腿冒血,
爸爸立刻撕掉衣襟一大块,
唐澍发现自己腿流血,
流得像一条红色的小泉。
眼这一转,不单听得墙外乱叫,
墙内这人家,忽然也敌喊,
死死活活要决战,
死路又把英雄来阻拦,
看见腿流血,
血把唐澍的心窍猛一点,
窍又开,新的智慧又飞上来,
拉爸爸手,
叫血只管流,
扬起扁担来,
他一声吼接一声吼,
他吼"打疯狗!打疯狗!"
一边吼,一边往那家里打着走,
爸爸跟着吼,
喜欢唐澍有了新计谋,
"侯门深似海",
看来这家真算侯,

这屋前,那屋后,
男喊声,女喊声,
真的以为打疯狗,
也不敢来和扁担交手,
冲过几道堂门口,
见有几个兵端起枪挡在前头,
唐澍格外大声吼,
吼又大声说,老张快快打疯狗!……
疯狗咬了我的腿,
我是来报这个仇。
有兵问:疯狗在哪里?
唐澍指说:看!疯狗已跑到你们的墙后,
站开!莫让我的血往你们身上流,
谁都害怕疯狗咬,
兵都猛然回过头,
乘兵们回头这时候,
唐澍他先前真像扬着大刀追疯狗,
他那关公样的大刀,
忽然变像猛张飞的矛,
拨草寻蛇那个样,
张飞矛,拿在手,
准备这些兵变疯狗,

好汉不吃眼前亏，

他下决心先下手，

斗不过，也要拼死往出斗，

斗得过，这一冲要冲过大门口，

见兵正回头，有的兵，果然要找狗，

有的兵，怕狗咬，躲到人背后，

唐澍猛一冲，冲往兵中间走，

边冲着走，走着吼，

快让我！我要打死那疯狗，

莫让我的血往你们身上流！

刚刚冲过兵中间，

一个兵喊"不许走！"

见他刚一端枪来威吓，

唐澍只一拨，拨开那枪口，

不管他，各自冲往大门口，

看见大门外，只有一个兵把守，

他向那兵喊：打疯狗！

看！疯狗就在你背后！

那兵忙跳开回过头，看看右，

唐澍一吼打出大门口，

一脚跨出大门来，

鼓楼奔到他的眼里头，

眼见大路在门口，
左前方，
"鼓楼"立刻从心蹦出唐澍口。
敌人囚车把他囚，
幸得司机同志把他救，
黄河边，逃出敌人手，
我一跳跳到黄河里头，
为了救党救同志，
游过三门峡中那急流，
急流中遇见老水手，
共产党一感动他，
他和他，心连人，人连·只小孤舟，
他帮我从下游来奔上游，
奔上游，三番五次遇走狗，
走狗追，走狗咬，
九连环追过西安城门口，
我父子，踏开死路飞着走，
狗子咬了我一口，
我哪怕血像河水滚滚流，
只要我中国共产党得救，
你蒋冯大走狗，小走狗，
我定要杀光你一切帝国主义的狗，

杀净它帝国主义的恶种恶根全不留,
我救我的党,
创造新人类新地球。
黄河上就想着这鼓楼,
见鼓楼,如看见党的大门口,
他的党心中蹦出这一声鼓楼,
好似黄河中游大雷响,
一响响过上下游,
一响响欢这个老水手,
好似鼓声擂出唐澍口,
鼓得他捏起拳头,
鼓起两翅膀,唐澍飞走他飞走,
不管什么敌人他要挡路,
他独自和敌人决斗,
他死他活他不管,
要快快到鼓楼。
唐澍觉得爸爸又摇着桨在后,
好似东风送船走,
他还是一边飞走一边喊,
喊得又是"打疯狗"。
街上许多人,听得喊,
忙躲开,单怕咬着他一口,

唐澍猛然想起这个故事来：
　　西安围城那时候，
　　狗都吃过死人肉，
　　狗吃人肉吃疯了，
　　见主人也会咬几口。
唐澍要人快让路，
他有意喊着走。
听得后边又开枪，
他飞腿来到学校门口，
望见门前有双岗，
两个青年提着枪，
无产阶级的纪律还要能严格遵守，
宁可乐意为党丢性命，
革命的组织纪律他绝对不愿丢，
如果你真是西安陈独秀，
那正好，我就要你报告敌人的阴谋，
"说呀快，你是谁，你叫我站住，
怎么不开口？"
唐澍一下没有观察透，
见他仍然不开口，才把他看透，
原来那人向他吼，
以为他吼"站住"，

他就一定不敢走，
以为他发火，
遇上他的火，没有煮不烂的肉，
哪知一看再看不对劲，
不用说，他火小锅小不能熬下这个牛，
这个人，扁担紧紧拿在手，
像工像农又像兵，
这人不买他的账，
这唐澍什么火都烧不烂的硬骨头。
因此他吼了"站住"，
站住了，却很难开口，
倒还不是害怕唐澍打扁担，
学生面前说了错话丢了魂，
他本是资产阶级的教授，
无产阶级的气味丝毫也没有。
"你乱闯，你是谁？你找谁？"
"我找史可轩，还要找见李子洲"，
敌人走狗追唐澍，快要追到大门口，
大门里，党的武装列左右，
孙悟空拔下多少毛，
能够变出多少猴，
在这里，一鼓动，几百唐澍都能有，

如果他是西安陈独秀,
原则斗争只管斗,
反右自反右,
最好是能影响他,
赶快一道起来把党救。
"我是来找共产党!"
话出口,不曾吼,
同志听,会心欢,
敌人听,会发抖,
全地球都听见这句话,
气概鼓动着一切星球。
"我是共产党员叫唐澍,
我来先找史可轩,再找李子洲。"
话的尾音还没收,
忽听喊"唐澍同志!"
听喊声觉得就是李子洲,
史可轩紧紧跟在子洲后。
子洲说:
上次见你还有几条肉,
啊,今天见你只剩皮包骨头,
不知你又经历了怎样的战斗?
可轩说:

还有络腮胡，也迷了我的眼，
这一次，但愿你同我们一道走。
唐澍说：
我把非常紧急的情况报告后，
但愿党许可，
由你那张皮，包我的骨头。
唐澍看爸爸，
看见黄河上的老水手，
欢笑得合不拢口，
唐澍忙向子洲、可轩说：
有这黄河上的老英雄把我救，
才能把那追兵抛在我后头，
我党和天下工农英雄一道干，
不但能打倒帝国主义，
消灭蒋介石的走狗，
要征服宇宙也不愁。
他热情话像铁水铜水一道往出流，
那个看来像资产阶级教授，
他虽然要面子，不插嘴，
他独自冷得，冷得好像要发抖，
唐澍催："我要报告呀，
　　　请快到里头。"

还不走,唐澍急得眉头皱,
皱起浓眉来观察——
李子洲对党忠心一片,
看人看事看得深,又看得透,
决定处理问题时,有胆有谋,
怎么现在,他像难开口,
他拿眼询问这人,这教授,
那眼睛像说:
是不是先把新的紧急情况研究后,
然后你才决定?
在西北党的队伍、党的工作里,
每一片,都有李子洲同志的血和肉,
革命到了这当口,
党的领导还错这步棋,
要把革命来挽救,
革命不怕流血,
血该少为错误领导流,
这个铁石人,一下难开口,
用眼来说话,
眼里有三分同志的批评,
有七分同志的恳求。
见那教授偏偏头,扬扬头,

裤包里抽手，嘶一声放到腰后，
两手胸前来摸摸纽扣，
叫人看他那神气，
仿佛人类只有靠他搭救，
谁不信，看他两手已搭成十字架，
党员群众不惹恼他，
十字架已背在他的腰上头，
现在仿佛只有给他祷告磕头，
他才肯转身往里走。
唐澍冒火，火冒到他的眼，他的口，
一直冒到他的手，他的扁担那上头，
党的组织观念反对他，
不必介绍，这教授，组织上的领导地位，
一定高过李子洲。
值得敬爱的上级同志到处有，
却要不管这教授，
他能拿多少大缰小缰来勒唐澍口，
再给他套了几副笼头，
要他敬爱这个教授，
鞭子打也不能够。
不愿敬爱他，却还尊重他，
只要为党的原则去战斗，

唐澍随时可以抛了他的头。
唐澍突然看见这个人背后,
背后站着陈独秀。
先前觉得这个教授像山,
山要来压唐澍头,
现在见他背后站着陈独秀,
觉得就是这右倾的领袖,
威吓着同志李子洲。
党员群众给他这力量,
这些群众里有李子洲,
现在却把李子洲,
压得不好开口,
唐澍心说话,
共产党人只在共产主义的真理前低头,
啊,实际又还是害怕什么呀,
共产党人李子洲。
唐澍一脚能够踢碎万座山。
史可轩头上有头,
他的头上头是李子洲,
他相信子洲爱子洲,
他见压得子洲难开口,
他像一座山,

立在子洲背后低下头，
心又焦，心又愁，
党凭有不少党员的骨干，
半年前才把这个军政学校办起来，
原来学校中的党团书记很坚强，
校长史可轩靠他真像紧靠一座山，
党团书记去武汉，
眼下不能回西安。
早天又接到冯玉祥命令，
一个紧急的政工会议要在郑州开，
命令各军政治人员，接到命令后立即出发，
绝对不能迟延，
各军政治部，多是共产党员共青团员，
前天就走了，没有耽搁了一点时间，
没料到，昨天早晨又有命令到，
昨早到昨晚，同样内容的命令接到第三遍，
命令史可轩，
急行军开到河南，
学生一千多，
军队名为城防政治保卫师，
师下是有三个团，
命令上时间限得万分严，

英雄们，请让我感谢

接到这个命令后，
十二小时以内离西安，
西安到郑州，
至多不得超过十二天，
党把学生训练好，
才能派去做军官，
目前有几分青黄不接，马高蹬短，
党团书记不在，他觉得马高蹬短上下难。
昨晚开会时，
可轩说：
冯玉祥从来三刀两面，
笑面虎，一变脸，能和秦桧一样奸，
十二小时内，
我们还不离西安，
那就可能像岳飞，
一连接秦桧十二金牌。
会议上问他："你的意见，怎么办？"
他说：上策是，拖在陕，留在陕，
我赞成子洲的意见，
时机到了要大干；
中策是：翻秦岭，开到武汉，
请求党中央批决我们同叶挺带的那支铁军合起来；

下策是：接受命令开河南。
陈独秀的这代表，他把史可轩的话打断，
他说，国共合作决不能破坏，
冯令来，军令如山，不得违反，
我们按时开，按时到河南，
这才是党唯一正确的策略路线，
你们造反冯的令，
把冯逼到反共那一边，
中国革命垮台了，
这个责任你们谁敢来负担？
他的话，算总结，
会将散，冯令又送到，
三更天，看罢令，
子洲说：四个十二在一块，
又一个"四一二"很有可能出现在西安。
子洲可轩要求再讨论，
讨论到了唐澍到来前。
陈独秀代表作总结，
他说他的那策略路线，就是铁，就是钢，
任怎样都不能改变。
唐澍觉得李子洲，
不是不敢坚决来反右，

哪怕右的压力像大山,
共产党人李子洲能够踢开一个星球。
看血丝网住他的眼,
胡子笼着他的口,
他的那眼光,啥都识得破,穿得透,
一阵阵火气冲他的头,
火气就要冲出他的口,
觉得火气话能冲伤党的团结和纪律,
口忽变像老虎钳——
上下嘴唇紧紧往里扣。
火冲到眼,眼把火气留,
眼如一对大海,
两只眼如两个海,
火山冒火包在海四周,
党要不断巩固团结和纪律,
党才能战斗,共产主义的胜利才能争到手。
唐澍觉得他的爱和恨,
绝不是什么个人的恩和仇,
无产阶级的利益高过一切呵,
不管他自己这一秒钟战斗到只剩下皮包骨头,
这秒钟过后,
党叫他立刻去拼命战斗,

他会觉得像,

刚刚喝过汾酒又喝茅台酒,

眉头都不皱一皱,

为了党,不能忍受,他都要忍受,

为革命,他正在忍受,

许多革命者愿把自己个人的什么都抛出脑后,

这教授的架子实在臭,

臭架子却一点不愿丢,

为了党,他觉得自己在忍受,

更能忍受的是李子洲,

唐澍在忍受,

忽然觉得自己眼睛酸,

酸眼看见李子洲,

见子洲热泪滚到眼里头,

是呀,谁碰伤上海工人的皮,

我觉是伤了我的心里肉,

我来把党救,

我愿在西北,为党拿起枪杆来战斗,

见这陈独秀一流,

拦脚绊手,

若不是投鼠忌器,

我就立刻向他把器投,

英雄们,请让我感谢

为党我忍受到眼酸,
难怪子洲热泪滚到眼里头。
看可轩,呵,
没想到,党的这猛将,
热泪已经流过他的鼻唇沟,
他勇他忠厚,
他只愿他能够服从党,
党叫他往龙口虎口夺出党的肉,
他会立刻去,
只会笑来不要愁,
他像走到了三岔路口,
他看见这些队伍,
这哪是他的心肝他的肉,
他觉得,火已经烧着了党的眉头,
教授还给他拦脚绊手,
他左难右难,难前难后,
难只在三岔路口,
在多少战场上,
史可轩见过多少死伤的战友,
那使他的牙关咬得紧更紧,
拼命更拼命,要为战友去复仇,
那都不曾使他流过泪,

这岔口，这关头，使得他钢铁将泪要流。

在这里，一不好报告讨论，

二又不好问情由，

城门口，只有唐澍一人装哑巴，

哑巴可以凶得像野牛，

那时候，要打敌人不好打，

还能把这扁担扭，

扭破手让血流，

引得群众义愤来帮助战斗。

心想看，敌人追来了没有，

一眼闪出大门口，

还不见敌人追到门前来，

眼一转，望见鼓楼和钟楼，

仿佛看见鼓楼上，

有那走狗司令和参谋，

城里城外藏着刽子手。

多少敌人出现在眼前，

唐澍没有把他们放在眼里头，

美英日法意——

全世界帝国主义的堡垒

在那上海滩，

美英日法意——

英雄们,请让我感谢

全世界帝国主义者,
还有那买办资产阶级地主军阀,
——帝国主义的走狗,
他们夸他们的统治多雄厚,
上海工人三次暴动胜利来证明,
虽然共产党还在年幼,
工人阶级只有一双双手,
只要共产党和工人群众,
亲得如心肝骨肉,
党的领导不右不保守,
共产党力量的雄厚才是真雄厚,
世界上革命战斗再战斗!
每一战斗到最后,
什么都压不住共产党的头,
绊不住革命的脚,碍不住革命的手。
啊,现在呵,
唐澍虽然蔑视蒋冯那些走狗,
眼看现在救党还能救,
右的领导扭不转,
不爱愁的唐澍也发了愁,
不怕敌人在四周,埋了千万刽子手,
单怕这领导,这个地方陈独秀,

他逼党认贼作父，
还把叛变了革命军阀当好友，
敌人刀出袖，
砍掉多少同志头？
唐澍对同志，
他时时要拿共产主义的标准来要求，
现在啊，
唐澍觉得思想风格上，
他对这教授——
如同在城门口，
他是无产阶级对资产阶级，
情绪上，他恨这一流教授，
像恨帝国主义买办的走狗，
矛头对矛头，不能调和的死对头。
组织上，
却还不像清水一边流，
　　浑水一边流，
只能一边斗一边要全流，
革命的无产阶级定要争党中那主流，
只有争到世界共产主义胜利时，
世界上的阶级完全消灭后，
如果那时群众还留共产党，

党里头，阶级斗争的反映才没有。
现在啊！
同流中要斗，
斗中要同流，
但要时时刻刻纯洁党，
绝对不许谁使党藏污纳垢。
眼看这教授，
虽是污又是垢，
敌人火烧到眉头，
当先去冲垮敌人的阴谋，
他不同冲反向冲，
暂刻让让他同流，
只要认识他这污，
揭发他这垢，
且在同流中斗，
斗中去同流，
定要斗得他真心投降，
不但口头上，实际上证明，
他真愿把心把命献给共产党。
今天既不能够斗服他，
也不能当头一棒，
猪鼻子插葱他装象，

他不通过党的组织来斗他,
还无法反掉他的这个装,
再迟一秒钟,
党有可能受重伤。
两边重量正相当,
天秤平池塘水一样,
水到最深处,
表面不见浪,
表面看来万分静,
双方想调动新的力量,
心紧张,力紧张。
李子洲转过眼来看唐澍,
唐澍看见他眼泪要流出眼眶,
同志的感情在他眼睛里激荡,
眼里闪来了无限革命的希望,
希望寄托在我唐澍身上。
虽然还没问具体情况,
单把见到的,联起来一想,
从这联想,想象,推测,
一推又一测,心中已经有估量:
估量还没见到他那时,
天秤右,重过左几斤几两,

子洲见了他的这一会,
左右力量快相当,
只因这位教授身上,
背着陈独秀,
靠着脚下拉着冯玉祥,
他们身子套着条条线,
线拉在帝国主义买办资产阶级地主的手上,
左方要比右方,
只有猛猛只有狠狠加上几把新力量,
最大的力量是在工农大众里,
那力量,眼前一下用不上,
唐澍急得眼冒火,
热血冲在他的血管里,
细血管里发山洪,
大动脉,静脉里,像猛涨的黄河长江,
感情如雷响,
心想也许再迟几分钟,
如同上海"四一二"前的几分钟一个样,
陈独秀和汪精卫那个宣言,
事实上,是陈独秀公开要共产党投降,
陈独秀给帝国主义走狗帮大忙,
先就解除了思想政治上,

党和工人阶级的武装,
紧接着,敌人来个欺骗和袭击,
死了党的群众,丢了党的枪,
伤害了无产阶级的党,
啊,不能,现在万不能,
不能对右倾机会主义的领导再退让。
唐澍一见群众,
觉得力量无穷,
眼看这支武装群众多么可爱可贵啊!
唐澍真想把这支武装群众来发动,
他相信,党的许多好同志做了工作,
他们早已把党的革命种子,
下到这些青年心坎中,
有些好种,已出了芽,
要快长,来一阵春雨春风,
这些种,是火种,
现在只要他鼓起劲来吹进一股风,
火熊熊,革命火能烧像太阳那么红。
东风送他到长安,
东风留在他的心房中,
他心中的东风等着他使用,
风出他的口,

英雄们,请让我感谢

他要这阵风,
吹得革命火把这一片天烧红;
估计只要几分钟,
在当初,上海工人纠察队,
有时领导工人们罢工,
有时带动工人们游行示威,
有时偏偏要在敌人侦探走狗包围中,
猛然来一次飞行集会,
工人纠察队,
飞行来集会,
纠察队扯出红旗来,
话从战士口中出,
革命红旗队上飞,
自古有军队,什么军队谁都没有这个威,
唐澍代表共产党,检阅工人纠察队,
这个威使帝国主义者丧胆,
这个威,吓坏了反革命的一切狗腿腿,
不怕忽然被包围,
不怕敌人四面八方追,
工人纠察队,
在那包围追杀里,
工人纠察队,

敢带红旗战斗去，
解放全世界的工农和人类。
在那场合中，
党叫唐澍代表党飞行鼓动，
鼓起群众来战斗，
每每只要几分钟，
这时候，党的心早已蹦上了他的喉咙，
蹦出口，就是东风。
但是子洲同可轩，
又望他能使天秤左比右重，
怎么使左比右重，
或许各人想的用的方法不相同，
但我一不是党的主要负责人，
二我没受委托，
我各自发动，
无产阶级党的组织纪律不能容，
他要立刻发动群众的方法不能用。
为了党，只要天秤左比右重，
无产阶级革命的道路能打通，
原则丝毫不能让，
除了大原则我可让他十万八千里，
让他在我头抖威风。

唐澍对子洲可轩也对那人说：
我们共产党有了组织决定，
我保证我绝对服从，
我只请求几位领导同志里面去，
我报告——只要三分钟。
子洲说：我赞成！
可轩说：我痛快，党给我命令，我都绝对服从。
三人意见全相同，
那人还是不走不转动，
唐澍看得出，
那人也在极端矛盾中，
转进去，怕煞了他的威风，
不进去，怕成了孤家寡人也不中，
唐澍也觉得，这人的矛盾还不但有这一种，
但还不知他矛盾的具体内容，
唐澍只想抽出快刀斩乱麻，
当前只应把党的力量来一统，
一切力量快快统统要集中。
列宁一句话，
忽然从他心里往上冲，
他说：紧急关头上，犹豫是等于叛变的行为，
他见不动，又说：

我们都不是三岁儿童,
我们干共产主义运动,
党的组织原则是民主集中,
四个人,只有一人意见不相同,
他可没有啥权力阻碍革命的集体行动,
唐澍的话,像火能把铁烧红烧熔,
像风,能够把那春天吹来接替冬。
那人像化石,
却只能使化石鼻子哼一哼,
嘴角上挂出冷酷的笑容。
唐澍厌恶那一哼,
心中说:你那鼻孔是资产阶级的传声筒,
见子洲可轩忍耐着,
等那人要动才动,
他觉得子洲可轩定有啥苦衷,
见可轩忽然抬起眼来挺起胸,
壮怀激烈想长啸,
好像岳飞要唱满江红。
唐澍也才看见笔和日记本,
插在可轩的胸袋中,
塞紧了的一个灵窍被打通。
暗中笑骂自己一声蠢,

连个笔也忘了用,
他立刻把手伸过来,
活像取来宝贝到手中;
扁担靠到左腕上,
翻开本子来,
笔在本上动,
笔尖呼呼响,
好像一阵急风,
旋在笔记本本上,旋到左右人心中,
这一阵,也像黄河上船搁浅,
顺心吹来一阵风,
猛起潮水来把船推动,
船上挂帆,老艄公,脸上挂起了笑容,
他不知不觉笑出一句话:
对嘛,斧头你还当作笔使用。
唐澍一下笔,
子洲朝着笔尖望,
老艄公,惯使用桨,
军人,惯用枪,
子洲惯用笔,
下笔就有两点在左旁,
估计右边要写"马",

恰如他估计，
左两点真像冰块冰到他的脊背上，
马出现在右旁，
真像痛心被马踢伤。
各种大会上，冯不讲：
要革命的跟我来，
革命只有跟我冯玉祥，
一定讲：
我冯某本是工人儿子，又是兵，
只有我永远都会拥护共产党。
不管冯，吹他怎么样，
革命上，李子洲总已不大相信冯玉祥，
他曾说，弄不好，将来可能要上冯的当。
子洲鼓起眼睛往下望，
眼睫本已网住肉丝网，
黄风刮在沙漠上，
眼像那风里鼓出来的太阳，
史可轩，党的一员将，
他的多少枪疤疤在他身上，
唐澍写的头一行——
"冯到徐州投蒋，
谋杀共产党。"

他用笔还不如用枪,

看着唐澍动笔快得风一样,

若说子洲的眼光更比原子快,

可轩他的眼光也快得像电光。

眼下一看写的冯,

冯字笔画有多少,

他像一下挨了多少枪,

蹙着看,一行又一行,

听!党的伤口时时对着我们这样讲:

党在紧急关头上,

领导者丧失无产阶级立场,

等于向敌人投降,

领导右倾,

等于自取灭亡。

渭河南方这一路,

早有冯军在布防,

根据新情况,我提议:

一,赶紧报告党中央,

二,赶紧用非常革命的精神

　　保卫革命的工农,保卫党,

　　拿紧党的每一条枪。

三,党赶紧把武装力量,

集结到渭河的北方，
　　准备创造共产党的工农武装，
　　消灭帝国主义走狗蒋和冯，
　　把帝国主义狗头，
　　砍碎在东方。
因此我建议：
　　乘敌猛不防，
　　我军开出东关后，立刻转方向，
　　转到草滩渭河上，
　　把敌引到河北打仗；
　　我们渭河一路来，
　　看见敌人还没撒了网，
　　冯家嫡系不在河北，
　　河北只有陕西杂牌驻扎，
　　看情况，西安以东，旱路上，
　　敌人已经布下了口袋阵，
　　我开拔，敌人定用口袋就把我军装。
旋风旋出赤心来，
急忙把心交给党——交给了组织部长李子洲。
情况如暴风雨，
赶路心本像黑云中的太阳，
忽然感觉得心里头，

英雄们，请让我感谢

天清气朗。

天下黄河九百九十九道弯，
九百九十九个艄公把船扳，
不怕多少弯，多少关，
多少敌人打着追来接着蹿，
我逆水行舟比你的跑马快，
我革命艄公开的革命船，
水上陆上能往来，
路上流我革命的血，
革命花为后人不断开，
流血流得心爽快，
报告已经交在党面前，
我喜欢革命道路通向那永远，
我喜欢革命一个接着一个来，
但愿党采纳我的意见两三点，
把搁浅的船闯过这个大转弯。

子洲看着唐澍写，
思想快过那笔尖，
有时眉头十分皱，
看罢眉头七分展，

不觉头点又头点，
唐澍写完他看完，
接过报告来，如同接力赛时那样快，
他接到就转给史可轩，
本来史可轩眉头上有几把锁，
有的锁像已经开，
他看完，头连点，抬眼来把子洲看。
唐澍见他把子洲看——
不把那报告，
直给陈独秀的代表传，
史可轩组织观念强，忠厚得可敬可爱，
但觉阶级斗争复杂又尖锐，
他缺乏无产阶级政治敏感，
关头上，应该独立思考下判断。
一见他把头点，
希望他表示意见很坚决，
三人同心同德干，干得勇敢又坚决，
就能够打破这一关。
李子洲代表党掌舵，
什么风险上我们都能开船。
一只船有多少钉子，
多少板，

只要知道那颗钉和那块板已坏,

少了颗钉,少块板,

塞一塞,船能冒过这风滩。

唐澍只希望这场接力赛,手转手,手不留停,

子洲一转手,

没想到,史可轩又转给李子洲。

他俩都把子洲当枢纽,

独有那个人,

子洲递到他的手,

他像接,又不像接,

子洲说:请快看一看,

他也不开口。

啊,不管场合,啥时候,

他要站在党脑上头,

个人威风再抖抖。

唐澍又恼火,

不能再忍耐,扭断他的喉,

几乎来问道:

你要做无产阶级的革命家呢,

你还是做无产阶级的死对头?

快,你的立场态度快表明呀,

这不是你摆臭架子的时候,

两条道路由你择来由你走。
这当口，革命要闯关，
不能容你拦脚绊手，……
快！两条道路由你择来由你走。
但唐澍不能不把火压下，
不好这样批评他，
不接你不接本也罢，
各自争到他的眼前去，
低声说：请看，再莫等来不及悬崖勒马，
话里又有硬，硬过铁，
话里又有软，软过棉花，
话是平常一句话，
话从子洲口里出，
真像看见党的马，马跑急，
岔到悬崖上，
前蹄正向空中挖，
子洲党性强，耐性大，
斗争能想好办法，
话从党性里头钻出来，
钻进人的思想里，
思想立刻闪火花。
唐澍的心早已跳上去把那马的鬃毛抓，

史可轩拼死才抓住马尾巴，
要救党，单怕党的火红大战马，
岔到悬崖上，
马蹄还向空中踏，
那个人要面子，不愿伤他的脸皮，
愿伤党，
子洲话，像棉花，
仿佛怕他摔下马，
先拿棉花兜住他。
伤他领导面子，他最怕，
他的思想和感情，
早比顽石还硬化，
话只像棉花，
不能感动他，
话还要像钢钻和炸药，
钻进顽石心中能爆炸，
顽石也有用，路打开，
路底下要铺石渣。
子洲耐心等着他，
好像顽石也能感化他，
一转眼来看唐澍看的报告啦，
别的同志看过头，

怒得头发根根往上扎,像火箭。

这人看了头一眼,
眼转来把唐澍翻又翻,
唐澍觉得从那眼看不出相信,
不相信冯玉祥会反革命,
黄河上会变了天,
从头到脚翻,
他把唐澍翻一遍,
莫说他拿眼来翻,
他借火来炼,
炼在党面前,
越炼越是个金光闪闪的共产党员,
只要他肯把报告看,
看了能马上改变投降路线,
莫说他把眼来翻几翻,
真要把心翻翻看,
心也能够给他剖出来,
他转眼瞧了子洲同可轩,
见大家肃静在等待,
他也看得出,
大家等望的不是他,

是党的组织观念，
大家谨慎又庄严，
不留一点空子给他钻。
唐澍看得出，矛盾尖锐到极点，
他发呆，呆在矛盾间。
他主张服从冯的命令开河南，
西安城防，昨天早已给冯军交代，
西安的冯军司令几次催开拔，
他答应，今上午，开出西安，
他现在，真觉得马高蹬短上下两难，
勒马在这悬崖边，
半点钟以前，
冯家那个参谋来，
这回来是第三遍，
他说他万分抱歉，
本来不该催第三遍，
无奈冯总司令，
军令如山，
莫说违令人不敢，
时间也不能迟延，
说到这里又奉承他一下，
说他是陈独秀的眼，

看得清又看得远，
奉令快快出潼关，
学生军队才能大发展。
又说他是陈独秀的喉咙，
话出口，能给军民立格言，
答应过话，保险能兑现，
给他吃了甜，
又给吃了酸，
他忙说：请原谅，马上就开拔，
有我在决不会食言。
听他说了这句话，
那参谋急忙赔笑脸，
笑说，司令设酒宴，
一来是宴别史可轩，
二来是要特别向他表示感谢。
也说要李子洲，
请子洲陪进这一餐，
最后说，队伍可以在先出西安。
这邀请，
子洲可轩已谢绝，
只有他，他说半点钟后他就来，
现在他看表，

时针恰走到他约定的时间。

啊!他加入共产党的那一天,

他站在党的红旗前面,

他也曾发过誓,

为无产阶级为共产主义事业,

我愿贡献出我的生命和一切,

现在,他也很焦急,

急得如同一颗马尾炸弹要爆炸,

他急的可不是要赶紧救党出危险,

急的时间到,不能去赴宴,

急的时间到,共产党领导的军队,

还没动身出西安。

怕在冯家国民党面前食了言,使他丢脸。

他心想,即使冯玉祥,

判到蒋介石那边,

现在冯反共,还没有公开,

我若不从冯命又食言,

到冯公开反共时,

冯拿我作口实,

马上公开地反起共来,

那是陈独秀和冯玉祥,

他们拿起破坏国共团结的帽子来,

硬往我的头上戴,
牛矢虫,滚矢团,
他想的,只在他个人的利害上滚来滚去。
他也恨,恨的不是冯反共,
他最恨唐澍这个暴徒突然闯进来,
由不得,恨唐澍一眼,
眼对眼,唐澍也恨他,
恨他拖延了救党的时间,
这拖延,对革命等于叛变,
他恼恨得火爆了起来,
顶得上一个马尾炸弹,
唐澍火,真正党的火,
爆起来,超得过一切灿,
唐澍眼把他的眼碰回来,
突然间,他感觉,
他个人的处境很危险,
他怕冯家司令扣住他,
第一说他食了言,
更怕冯军逼再逼,
逼得李子洲史可轩,
也难得再忍耐,
有名的暴徒唐澍在眼前,

上海三次暴动有经验,
开拔不开拔成了导火线,
唐澍把火点起来,
那时候,他不是马高蹬短上下难,
那时候,由他,他,他怎样?
他相信唐澍当然不会碰伤他,
唐澍不肯伤党的组织观念,
冯家军的子弹可就没有长着眼。
唐澍碰回他的眼,
唐澍心中冒火烟,
他心想,他该立刻向子洲们提议,
他抽子洲笔和小本本,立刻写,
时机非常危险,
党的领导人还犹豫不决,
告诉党团员,
冯投蒋叛变,
马上就召集党团员非常紧急大会,
我们要提出非常革命的政治军事行动路线,
提交大会来表决。
子洲和可轩,
看着唐澍写,
可轩认得对,

不觉把头点，
发觉自己点了头，
忙转眼把子洲看，
看见李子洲，
仿佛天在垮，
子洲头在顶着天，
眼睛好像收进去，
同时又像鼓出来，
这不是反对，
若反对，高高看，
眼会忽然轻轻斜一斜，
嘴角也会微微地歪一歪。
可轩虽然是军人，
常同子洲在一块，
不但熟得习惯，
从一点点表情，
觉得出心中那微妙的动态。
子洲认为唐澍意见非常好，
但他边看边在想，
真到万万不得已时才能采用这一条，
他一认为这条好，
同时他就看见一顶帽，

帽在那人手，
帽上写了字：反对陈独秀的代表，
就是反对陈独秀的中央领导，
今天最好不要戴上这顶帽。
他在看，现在他和唐澍同样感觉到，
现在争时间，要争分争秒，
再迟延，要开党团员大会也来不及了，
若敌人忽然宣布违抗冯令，
突然逼我把枪交，
唉！革命要和敌人争分夺秒，
领导右倾，
现在却得先花时间争领导。
唐澍写完子洲也看完，
唐澍一抬眼见子洲正把牙紧紧咬，
咬得脸色上，
深深现出两道壕，
现在应把队伍动员好，
敌人逼到面前来，
敌人要缴我党枪，
革命枪到死都不愿交，
他要领这头，
跳出壕来拼刺刀，

杀开血路一条，

杀到农村去，

枪杆斧头配镰刀，

问你帝国主义走狗有多少，

枪打你们头，

斧砍你们腰，

镰在你们脚腕子上面扫，

我党我群众，

要打啥定能打碎，

要砍啥定能砍倒，

你有啥本领，

扛不住我中国和世界的斧头镰刀，

看见子洲脸上壕，

那么两道壕，

引得唐澍思想感情大飞跃，

胜利信心鼓舞他，

他给子洲同可轩送来无比敬爱的微笑，

子洲从他那个同志笑意里，

先闻到一股非常醇的味道，

忘了牙关正在咬，

好像喝着存了几千年的花雕，

可轩却像喝几千年老烧，

那人看见唐澍二次写,
子洲可轩二次瞧,
三个头接在一道,
如同三头支着一个党,
他们结合在党下,一点不动摇,
他呢?他觉得他在一个孤岛,
他觉得共产党里头,
做个孤家寡人真不妙,
如果唐澍发动非常革命高潮,
那潮头可能把他往那海中抛,
他怕喝那咸海水,
只好把唐澍写的往下瞧,
一句话像一把刀,
刀刺他,受不了,
要找碴,也要看完才能找。
他刚一看完,
好像挨了好几刀,
他咬牙,汗在头上冒,
不妙更不妙,
看完了,他向这边瞧,
恰恰瞧见唐澍他们在微笑,
他以为他们三人拿笑商量好,

要从他手里夺取领导,
先动手一定是唐澍,
他早就知道,
唐澍跳到大海中游泳,
真像洗个痛快澡,
纵然今天这唐澍,
不把他往海中抛,
可能拉着他下水,
下革命大海去洗个澡,
真的到了那田地,
教授怎么受得了,
头一条,他在党内的领导权,
千万不要被夺掉,
他拉不得一个也要拉半个,
拉向他的身边靠,
十分勉强地拿出一点笑,
对子洲说:
还有什么,拿来给我瞧,
子洲觉得给他看不好,
他会认为是不信任领导。
唐澍急忙把这个担子挑,说:
请看呐,越快越好。

英雄们，请让我感谢

李子洲严肃里带几分笑，
他期望能转变领导，
他先说，真到山穷水尽，
只能走这一条。
说完了才递本子给他瞧。
他一瞧，他想到：
这要把脸上的金都刮下来了，
还要拿扫帚洗来还要扫！
是呀！唐澍写的那几条，
革命家都觉得很好，
是呀，对他这个人来说，
真真是很糟，
唐澍见他那样瞧，
瞧得眉毛都炸开了，
唐澍想：
共产党人爱真理，
为爱真理能把性命抛，
真理的光芒把他照一照，
照见他的思想感情又是反动又渺小。
共产党人的思想感情比全宇宙伟大，
一切星星都没有共产党崇高，
共产党人的思想能够射穿金宇宙，

感情能融化又能把宇宙包。
那个人——他觉得唐澍写的话像刀，
刮得他脸像滚油烧，
他却一点没有感觉到，
他本不知道，
唐澍觉得他拖延，
他拖延的时间可能变成，
他拿绞绳来把党的脖子套，
外有敌人就要拿党来开刀，
唐澍心如葛扯又在搅。
他更不知道，
看他是领导，
领导者的心有这么反动，
现在我能透过外套看，
他偷盗马克思列宁的革命法宝，
做成他身上的外套，
啊！他反动！呸！他哪是无产阶级的代表，
他是资产阶级的细菌，
他钻进无产阶级党的头脑，
他们一批小虫虫变成党头脑的脓包。
几服药治不了，
为使革命能飞跃，

同志们只能忍痛来开刀。
刀子到心里面，
忍着等，等着盼，
盼他快一点表示意见，
听得他鼻孔哼一哼，
他的意见是红是白且不管，
思想上，刀对刀，剑对剑，
不怕有十八般武艺，
欢迎你把你的武艺拿出来，
我们要使党快快脱险，
想为党战斗而流血，
无论你无论谁，
哪怕你能使武器千万件，
你的法宝可以入地又钻天，
我们只要拿紧斧和镰，
斧头镰刀加枪杆，
不跟我们前进的一切，
那都一切要消灭。
这一下，总算好，
等得陈独秀代表，
鼻子哼了一会嘴张开，
这本本画，那本本写，

写的画的都是小鸡蛋,
鸡还不能走出蛋壳来,
鸡要蛋来打泰山。
听他用比方表明了他的判断,
唐澍同志们想驳他,
忍耐上加忍耐,
等他把具体意见说出来。
哪知他又不再说,
眼睛专看史可轩,
他想把这个带兵官,
拉到他的意见那一边。
他是火,永远只会越烧越炎烈,
李是钢,
炉火纯青有锻炼,
史也是,经得打的铁,
因此他的意见滚到舌尖,
舌头急忙往后卷。
唐澍恨他把敌人比作泰山,
把共产党比作鸡蛋,
他自己以为他有陈独秀依靠,
他也是扳不倒的山,
等了一阵唐澍说:

英雄们,请让我感谢

鹏程万里前程无限,
无限前程的大胆美景也是蛋,
大地中的革命种子发了芽,
一定能够长得高过天,
到明天,无产阶级能够解放全世界,
蚂蚁也能够搬泰山,
群众站在我们这一边,
只有革命,我们能够扳倒全世界。
子洲接上说:
八十一年前,
马克思写出的《共产党宣言》,
那也像只革命鸡,
冲破蛋壳飞出来,
他飞跃飞跃,飞不断,跃不断,
全世界,正黑暗,
只有他,第一次,他把共产主义胆唱出来,
列宁为同志们又接着唱,
唱出个共产主义的苏联,
哪怕我们今天还是蛋,
共产主义的中国一定能出现。
可轩说,对,
我能脱了旧军官的臭皮囊,

全凭共产主义到我心中下了蛋。

三个同志锋芒对着他,

他只好躲闪一躲闪。

他说,纵然是个鹏鸟出了蛋,

今天羽毛还没长出来,

他转眼,专向唐澍说:

"嘿嘿!羽毛还没长出来,翅还不能展,

今天就要随你,而且还要飞过山,飞过海又飞上天,

飞跃怎么可以由你当作儿戏当作玩。"

又转眼,专对子洲说:

"真正悬崖勒马的是我,

你才该当心,你在催马过悬崖。"

子洲小声说:

时间不能再拖延,

我还请你快到里边,

你按新的情况来指示,

执行指示必须坚决,

可也许保留不同意见。

见他还不转,

又说:

真理谁都抓不倒,

路正谁都愿意跟上来,

唐澍急忙插上嘴，
表示他只为党绝对没有啥个人恩怨。
他低声说，声音很坚决：
我同意子洲同志的意见，
见他还不转，
唐澍压住他的火气说：
空谈是个无底洞，
不是开大会，这里不好再多谈了，
你不敢进去，请把新的路线写出来，
啊！只要他肯转一点，
他卡到里面，行动路线不解决，
唉，子洲、唐澍、史可轩，
永远给他抬轿都情愿，
唐澍见他不动弹，
只管他，不想管党危险不危险。
这时候，唐澍心里暗恨他，
如同恨那反动派。
啊，天下黄河九百九十九道弯，
九百九十九个艄公把船扳，
只有一个掌舵的艄公像内奸，
风险头上要船翻。
到现在，唐澍希望在，还不能说他已投了敌，

真恨他,恨他起的作用是内奸,
唐澍拿过小本本来快快写:
子洲可轩又再看:
"姜太公有千千万万,
专等文王去访贤,
最后路线河上谈"。
写罢了,又加一句:
请批示,快快快!
本来只应写上一个快,
唐澍写一写二又写三,
是不是心情要这样连写快,
啊,看看他的心,
心在忍着挨,
仿佛钝刀砍在他的脖子上,
砍了多少刀还砍不断,
他在一面等着砍,
一面连喊声快,快快!
可能就在这一转眼间,
敌人猛然冲出来,
为救党,唐澍多写了一个快,
觉得多浪费一个字的时间,
但他总觉得写了一个快,

纵然一个快像一颗炮弹,
打不死那个迟慢拖延,
他发炮只好接二连三,
忍着痛接二连三费时间,
火热热到一个最高点,
看来使人感觉有点寒,
子洲接过笔来快快写,
写在唐下面:
他写:同意到渭北,
　　　路线河上谈,
　　　拼命争时间,
　　　分秒不迟延。
　　　敌人枪未响,
　　　党能半公开,
　　　准备大决裂,
　　　党群动员好。
写罢他又签他的名,
了洲二十几,
看来较老成,
数他忍耐强,
思想细致又精明,
写了最后那一句,他咬紧牙齿写上他的名,

这表示不但对党负责又认真态度,
还表示共产党的李子洲,
已经忍耐到绝顶。
唐澍心中更加钦佩李,
李比我全面而精明,
他也更加喜欢李,
意见得到李赞成。
可轩接着写,
一写笔尖断,
快换笔一管,
一划纸破裂,
啊,他是军校校长史可轩,
又是一个师的指挥员,
三岔路口紧等待,
等得他的心都要破裂,
他拿笔一写,
他一用起那笔手上用起枪,
好像千支枪在手下动起来。
因为已经等得心破裂,
从笔尖到刺刀尖,
他写的刺的都一样,
他写:

快到渭河摆战场,
快拿枪口去发言,
快把革命救出险,
我愿流我最后一滴革命血。
他也签上名,
本本仍然交到子洲手上来。
子洲立刻递过去,
那人想接不想接,
子洲不回手,
那人只好接,
等他一看完,
子洲拿笔请他写,
给笔他不接,
觉得山穷水尽了,
到现在,只有用非常革命的紧急大会来表决,
子洲觉得仁至义尽了,
也不能使党在危急时来闹分裂,
唐澍又想到子洲比我看得远,
想得也比我更全面,
他早见水后还有水,
山后还有山,
他会找到山的脉和水的源,

子洲还能拿出更好的办法来；

见子洲又忙写，

唐澍一双眼，由不得盯着笔尖看，

你同意，望你把头摆一摆，

原则上同意，

求你把头点一点。

人还有迷信，

跑到菩萨前，磕头许了愿，

才敢求根签，

不能求他拿口拿笔写意见，

求他把头动弹一动弹，

共产党人对革命，

心比什么都虔诚，

因为这人比泥塑木雕像，

总还差着一点点，

他看见写，递给他，他看完，

头像摆又像点。

子洲递给他，幸喜他也看，

千方百计争取他，

都希望这一万不得已的办法会灵验。

见他看完了，

看他头像点，同志都心欢，

见他头像点的那时间,
同志们提心吊胆,
希望那头莫要摆,
见头像点的这时间,
唐澍愿得一把老虎钳,
把那头一下钳起来,
第一证明他已点下头,
第二使那头,一点就莫要摆,
谁知刚像点慢慢地又转向摆,
啊,要摆你就摆得很明显,
唐澍更愿有一个老虎钳,
钳住他的那个摆,
革命危急关头上,
态度红黑一定要明显,
白天就要像白天,
黑夜就要像黑夜,
真黄昏不奇怪,
黄昏如同摆渡口,
摆渡两边总有岸,
黄昏送了太阳行,
总要接来星和月,
头像点又不像点,摆不像摆,

态度模棱两可,
色彩不明不鲜,
架子可不小,
像个贵族老爷,
唐澍非常愤慨,
在心中大骂起来,
你现在完全等于内奸,
你不就一定公开叛变,
你分明是帝国主义资产阶级代理人,
钻到共产党的领导里头来,
你杀共产党人不见血,
唐澍有无产阶级革命的敏感,
觉得这个人,
如果革命一失败,
他的领导地位一垮台,
那时敌人向他一招手,
他就一定会叛变。
恨得唐澍在磨牙,
可惜不能打扁担。
子洲愤慨到极点,
还要耐着心等待,
看到这面还要看那面,

革命理想必须有,

党的组织部长李子洲,

组织观念有锻炼,

他也感到这人将来可能会叛变,

感到时,六月天也忽然觉得有点寒,

他想能挽救时还要挽救,

哪怕挽救的可能只剩一点点,

他平素,要求同志比较宽,

要求自己特别严,

很自然,他也几乎恨得要切齿,

却用舌头把牙齿来顶开,

再给这人留余地,

再留给一步让转弯,

可轩愤怒了,

但觉自己是军官,

愤还可以怒不可,

怒会由不得,

突然挺出枪口来,

不能忍耐要忍耐,

不觉两手指头,搓在两边裤缝那上面,

转眼来把子洲看,

子洲能等待他也要等待。

忽听得门岗讲话，
话声又欢又大：
"农运大王你来了！"
唐澍他，他拿斧头来找镰刀、找枪炮，
听说来了镰刀大王革命家，
一句话如同春风吹透心芽芽，
霎时间，欢得唐澍心开花，
唐澍正转眼，
还没见那"农运大王"的样子是个啥，
先听见一阵阵哈哈哈，
好比走到沙梁上，
猛听流水哗哗哗。
唐澍还没亲口喝着它，
一股水突然流在舌头下，
舌头未卷水起浪，
流入喉咙浪翻花，
转过眼，见他往里来的两个人，
笑在两人脸上挂。
两棵高粱一般高，
一棵身材比较大，
两人全像庄稼汉，
脸上有土色，腿上带泥巴，

"哈，哈哈……"
他见来的人有练子嘴，
口水忽然起浪花，
好像肚子饿得空厦厦，
饭食忽然嚼到口中啦，
因为他望见，
身材比较大的那位呀，
城门口上帮过他，
口吐语，话向敌人身上打，
句句话都会爆炸开花，
世界上敌人炮弹打得完，
不能炸垮人的心，
他能把敌人的一切炸垮。
哈哈哈，
唐澍开心笑，
群众里，他的笑声算高也算大，
这一笑，笑声刚出他的牙，
想起城门口装的是哑巴，
也许等会还得要装哑巴，
等会得请练嘴子来掩护他，
笑像箭，弓已拉，箭已发，
心又立刻飞出去，

抓回那支箭尾巴,

天秤左,正望力量来猛加,

唐澍见的不只两个人,

两人后有千千万万人马,

千千万万人马手中,

拿着镰把锄头把,

夺过敌人枪,

喊说一声打,

世界上的什么都能打得垮。

唐澍拿笑脸,

迎接来的千千万万人马。

李子洲,

黄河西岸冒风沙,

瞒着敌人的眼睛种庄稼,

荒地先由他来挖,

革命种子先由他来撒,

他捧出他的革命血汗来浇灌,

灌三年,革命种子才出芽,

他望见,共产党人革命家,

毛泽东同志开那荒啊,

毛泽东他开地最广大,

毛泽东翻地翻得深,

他不但拿着镢头挖,

铁镢口往地里扎,

深翻地,深从他的脚,

高齐他的发,

种革命的庄稼,会想出革命的办法,

毛泽东挖地,

那时候,虽然快露头的太阳就是共产党,

共产党却不得在阳地上面种庄稼,

阴地里种下,敌人像野猪,

只要一发现,也要来糟蹋,

毛泽东暗地种庄稼,

从城边一直种到山沟洼。

有一片阳光落到广州城,

广州公开出现革命家,

毛泽东主办全国农民运动讲习所,

革命要在全国的地上开红花。

进门来的这个"大王",

原是一粒种子刚冒芽,

李子洲捧心血培育他,

后来又将他选拔,

亲自把他送到毛泽东手下,

毛泽东培育他又送回他,

革命汗没有白流,
革命血没有白洒,
一粒下地万粒发,
看而今,革命种在中流发芽,
群众里,他没有自高自大,
群众把农运大王的称号送给他,
他身旁这个练子嘴,
革命宣传顶呱呱,
那靠他拿他的汗来灌,血来洒,
他身旁的练子嘴,
口上开着一片大红花。
他种豆看见枝要结上豆,
栽瓜的,看见藤将结上瓜,
心血变成好庄稼,
自然会拿心来爱护它,
粮食豆瓜不让谁糟蹋,
也不愿白糟蹋一粒芝麻,
子洲心,一阵欢,
眼里出现两支大红花,
本来心在欢,
突然觉得心像裂地要爆炸,
因为他的经验立刻告诉他:

他把农运大王和农民,

看成他的心上花,

这位陈独秀代表,

却把他看作他的眼中沙,

子洲专拿心血来浇花,

陈独秀代表专门来把黑霜下,

李子洲见有乌鸦来啄花,

抓起石子打乌鸦,

陈独秀代表,

他心爱乌鸦不爱花,

他看见冯乌鸦来啄花,

他向花说风凉话,

他拿石头砸,

砸的不是地主资产阶级那群鸦,

砸的是农民革命这朵大红花。

子洲听得他又在磨白牙,

子洲心要炸,心里暗暗炸出这种话,

好在革命花,

不怕黑霜下,石头砸。

你用磨来磨,

你拿山来压,

纵然吞了他,

世界上，伤害革命的，迟早一定被打垮。
可轩一见他们来，
如同农民来到西安城示威，
农大王练嘴子带头，
后面跟的梭镖、大刀、锄头队联队，
我扛枪的队伍才能有半条街，
农民队长得不见尾，
莫非他们就是来接应，
帮我军冲出重围，
可轩带的这军队，
望见农民大王练嘴子，
如同天旱地开裂，
地里禾苗忽然饮上水，
田地禾苗齐张嘴，
来在节骨眼眼上，
来的美呀来的美，
咧开嘴的土地在饮水，
他比土地更咧嘴，
咧嘴来饮这股水，
水润透他的心，
欢上他的眼，喜上他的眉。
唐澍也曾经听说过，

英雄们,请让我感谢

潼关里,毛泽东同志亲栽亲自培,
栽种出的学生有几位,
哪位像孔子的学生子路,
哪位像颜回。
潼关里说的农大王是谁?
这个大王,像子路又像颜回,
革命上高出颜回子路千万倍,
他无愧是共产党人,
称他是毛泽东的一个大弟子来也无愧。
唐澍也曾希望会见他,
可惜不曾有机会,
革命群众赞美谁,
谁在唐澍心里,立刻能高几千倍,
几千倍的革命热情同志爱,
由心飞出眼和眉,
有时爽性飞出他的嘴,
他像地干旱,饮了你的同志水,
你的水从他的革命热情酿成酒,
你是千万李太白,喝了也能醉。
啊,农运大王练子嘴,
给唐澍饮的不单是水,
他们已经知道我是谁,

两对眼给送来同志爱,
唐澍觉得解渴又沉醉,
唐澍自己问自己:
他俩已经知道我是谁?
唐澍转眼看艄公,
见艄公也像喝了一个醉,
他俩只要眼通话,
一齐表示感谢大王练子嘴。
唐澍鞠躬再鞠躬,
爸爸鞠躬,数比儿多一倍,
刚刚鞠了躬的这一会,
大王眼和唐澍眼正对,
唐澍觉得这对眼睛他见过,
他一下从头看到腿,
像闪电上下闪过一回又一回,
心想,我们哪里曾相会?
黄河上闪出来闪电,
珠江口响出来雷,
革命调动我们天南地北人,
许在广州曾相会?
但又马上觉得还不对,
心像那红梅,

花已吐出花蕾,

突然觉得那一双同志眼,

给他送了春天的光辉,

得来春光红梅开,

猛然想起是城门口上相会,

有过那一会,大王使他心醉心更醉。

唐澍心说:"对对对",

大王好演员,

他化装和表演,

比高明的演员高过几千倍。

城门口一对对眼睛看哑巴,

我只在闪电穿过云头的那么一会,

曾感到眼里头有一对,

那一对像牛皮灯笼亮在闪,

亮防人看透,

又防风来吹,

他感到有一会哑巴一边扭扁担,

扭得扁担流血水,一边咬破他的嘴,

爸爸尽作揖,

差一点给众人跪下,

就在那一会,

他见牛皮灯笼眼,

忽然忘了被风吹,

眼里泛起爱又化成同志情,

眼里放射出革命的光辉。

现在不见泪,

又看见那光辉。

城门口那一会,

他也要守兵不知他是谁,

那是看见头发像草灰,

现在头发黑像炭,

现在他像一根铁旗杆,

那时他弯腰又驼背,

城门口那会和这一会比,

觉得大王年轻三十岁,

城门口那一会,

看大王还有许多不好处,

一看清心再不往那去追。

国共斗争激烈,为什么那时他也化装?

料是冯家军和他农会斗争最尖锐。

大王先对他后对子洲说:

我到长安三年两个月,

考察了六个乡的农协,

三个农协领导被暗害,

杀他们的是豪绅土劣,

又是那基督教的军官,

原因一点也不是我们的斗争过火,

实际上,右倾领导像铁盖,

我忙来请示,

望将火盖子揭开,

免得火要自己烧起来。

唐澍和大王,

彼此相望不动嘴,

彼此心领会。

大王发现陈独秀代表,

忽然盖下眼皮来,

只露一线眼光来瞅他,

那眼睛,剃刀口一般,

我们三原武字区,

连夜赶来,

心想天亮赶得到进西安,

天快亮到城边,

突然觉得不大像从前,

突然连着突然来,

听得吼的吼,喊的喊,

我停脚,跑下来,

仔细听，仔细看，
看见扁担架着刺刀尖，
在从前，看这类刀口眼，
能使大王胆寒，心被割裂，
几年革命运动受锻炼，
我已练成一口宝剑，可以斩钢削铁，
你用啥刀来割我，我不管，
为党为革命，不必怕谁，
怕谁，我就算不得共产党革命英雄汉。

我想是冒冒险耍手段，
守城的军队已经大换班，
我忙转身跑，
到农协，把些同志叫起来。
同志主张赶快进城来看看，
练子嘴插嘴：
我们还主张，
提防农民遭暗害，
由我领上自卫队一班，
立刻送他进西安，
光有我们送，
还怕难保险，

英雄们,请让我感谢

要他到咱自乐班,
小生装老生,
从头到脚变一变,
赶到城门口,
连咱们也不让走。
大王笑着接上说:
有钱难买那个不让走,
城门张着口,
给咱通风报信后,
咱明白了谁是真同志,谁是假朋友,
假朋友,袖里藏刀,暗杀农民好领袖,
不叫血染他的手,
城门口,露出鬼脸和阴谋,
那时候,错一根头发丝,
救不出这哑巴同志和老头,
城门口,听得可轩同志要走,
咱担心能不能够走出城门口,
进了城,旁的且不管,
到农协,也叫一个同志化装成个老头,
老头推着一车粪,
快从东关往外溜,
溜出去送鸡毛信。

看天色，这时候，
他看练子嘴，练子嘴接说：
东廊几个乡农会，
这时候，梭镖锄头快要拿上手，
大王说，看来现在要抽烟，
还有两袋烟好抽，
两袋烟抽后，
军队拔开腿来走。
几千的梭镖和锄头，
走到东关外，
咱和农军武装接上头，
蛇敢来吞象，定要撑破他的咽喉，
可轩问那西安陈独秀：
再过一刻钟，队伍往出走？
这一回，不管他又不开口，
子洲说"对"又点头，
唐澍认为好，
但觉还不够，
唐澍忙开口：
渭河向东流，
可左不可右，
莫等碰南山，

碰了才又转头,

由东向左去,

接近武字区,

英雄能用武,

大鹏能展翅,

要靠武字区,

更得左转去,

他曾听得说:

关中到陕北,

农民协会处处有,

这一位大王曾在武字区工作过,

那里革命势力最雄厚。

可轩想展翅,

只恐来不及,

急忙转身走,

走向操场去布置。

说到武字区,

大王比谁都欢喜,

喜得眉像大鹏要展翅,

鼻像大鹏头扬起,

准备高飞去,

大大吸进一口气,

笑对子洲说：

哑巴说了话，

铁树开红花，

派我先到那里去动员农民，

队伍好往北边拉，

见子洲光笑不说话，

他又说：

陕北谢子长和李象九，

至少有两个连在他们手，

党叫李、史、谢合流，

大闹枪杆镰刀配斧头，

"初一到十五，

十五月儿高，

春风吹动杨柳梢。"

西北农民遍地唱，

遍地爱唱绣荷包，

咱领农民同唱革命调，

咱像春风到，

月儿像镰刀，

咱叫春风到得早，

月儿分外高，

咱敢把地球绣成一个革命的大荷包。

大王说得子洲和同志们脸挂笑,
点头再点头,
党能发展到陕北,
先凭党有子洲这把手,
一九二二年到二六年,
第一领导者就是这个李子洲,
看得出,这一回,子洲脸挂笑,
笑得格外甜来格外久,
入党那时候,
心里早有镰和斧,
这大王,先得他培养,
才能成了一个镰刀手,
选出谢子长和李象九,
掌握枪杆子的心,
两三年以前,他早就有,
决心为党搞武装,
第一先培养军事领袖,
三年来,拿心培养谢子长、李象九,
光在陕北培养还不够,
他又选派了不少的学生到广州,
他先选派一位青年领袖刘志丹,
而今成了党的一个好枪手。

党的李子洲,

他那党的心,早为党深思远谋,

那时期,单独办学的自由,共产党没有。

七八个月前,

刘伯坚和史可轩,召集许多同志来到西安后,

西安城,共产党办学校,

先最先,先政治军事来开头,

忙给军校送青年,

先不先,又是党的这个李子洲,

眼面前,党到了生死关头,

革命到了最危险的时候,

党的这个李子洲,

怎能不为党深思远谋。

接到冯玉祥命令,

讨论行动那时候,

子洲曾提出,

下策是往河南走,

上策是要关中史陕北谢李能合流,

那时候,西安这位陈独秀,

嘲笑李子洲:

"鸡还在蛋里头,

就要鸡飞走,

只有这么一点点军队就反冯,
等于鸡蛋碰石头。"
"三个臭皮匠,凑个诸葛亮。"
唐澍凑过大王凑,
好似加了灯盏又加油,
心亮透,亮透脸来脸挂笑,
几乎要亮出口,
急忙往里收,
因为觉得亮出口,
这个西安陈独秀,
一定又说那一句话:
"硬要鸡蛋碰石头。"
二来觉得也还要争取这个西安陈独秀——
还要争取这只手,
到最后,子洲用心不在手,
心在和他争指头,
他不死反对,
他要军队往草滩方面走,
心里算再算,谋再谋,
要关中陕北能合流,
靠拢武字区前后,
好同敌人斗,

这个好策略决定后,
子洲算又算,谋又谋,
谋得他有时心欢有时愁,
愁啊愁最愁,
眼看军队要战斗,
党团书记还没有,
把唐澍派到可轩这一部,
唐澍和那蒋介石,
早已成了死对头,
冯投蒋以后,
冯的势力范围内,
唐澍脸都不好露,
子洲爱唐澍,
爱他是个革命爆炸手,
心想快要到派他爆炸那时候,
眼前希望想把他在身边留一留,
且给子洲做参谋,
思想有时候,如同抛出去的线,
有时候像射出去的一根箭,
党团书记问题没解决,
却已想到陕北那一边,
陕北三个连,

领导有李谢,

他们根生在子洲心窝里,

子洲闭上眼睛也看得见,

他们的根干和叶叶数得清,

心想望他们早开红花,

花也大,花也盛,

陕北关中合成树,

结出大朵果最甜。

现在陕北三个连,

到处当然有危险,

啊,眼前的关中问题像箭靶,

子洲射出箭,靶还没射穿,

箭又射到陕北去,

箭又被那靶子挡回来,

要党能够领导军队去作战,

党的骨干里头必须有主干,

主干强,不怕风,不怕雪,

不怕不能领兵去作战。

子洲想得眉头结,

眉头结像两片山,

党组织网贴在子洲心坎间,

陕北关中到陕南,

潼关兰州到银川,
党员从几人到一两千,
每条线上每个点,
他见过的党员形象都出现,
和同志,一见面,子洲总爱问长又问短,
有一些只见一面,说话不到半袋烟,
现今的形象出现也明显,
各个人,风格个性有特点。
只要是形象一出现,
特点就会连着想起来。
谁像党的机关枪,
谁像党的大炸弹,
谁有什么长,还有什么短,
子洲把长短,连着记在他的心里面,
若把长来记在心,
把那短来记在肝,
人到肝火大旺时,
可能忘了长,只见短,
忘了教育说服要忍耐,
火起来可能把个同志燃焦也不管,
或是恰相反,
只见心里长,不见肝里短,

英雄们,请让我感谢

拿心把个同志往那天上扶,
结果把同志往死里倒栽。
子洲时常说,党对党团员栽又培,培又栽,
种好定能长上天,
子洲爱唐澍是无产阶级的革命爆炸手,
这个爆炸手,派他单独爆炸他能够,
到今天,
革命到连续爆炸的时候,
顶好派他指挥,或者参谋,
他也能做党团书记或参谋,
只想他刚中有些爆,
党性不强的同志受不了,
旁人表面看起来,
党的帅旗和帅印,
不在李子洲手上,
唐澍和大王,他们却见子洲那颗心,
真同党的帅印一个样。
子洲那思想,
如同党的旗帜在飞扬,
将要能领兵,帅要能领将,
最后要赢得这盘棋,
帅心更得为着党,

着着棋连着通盘来思想。

他看见一盘棋，摆到大地上，

子洲唐澍和大王，

他们的心都在想，

从党想到军队和群众，

又从军队群众想到党，

在他们心中央，

敌人定要灭我共产党，

共产党定要敌灭亡，

唐澍这员将，

当前一步先往陕北放，

因为原来那书记，

思想政治能力都很强，

目前派谁去都不很合适，

关中可轩这方面，

党团书记的岗位且空上，

是否目前且由我直接领导这个军的党？

子洲也想到——

子洲如同望见党的光，

却想到那个支部书记好是好，

把党的旗杆交到他手上，

要他高举大旗向前闯，

目前他还没有这力量,
这时由不得转眼望操场,
望兵和将,如同检阅党,
检阅光在军中亮不亮,
转眼间,望见可轩那员将,
他和支部书记在商量。
军中有书记,
书记很坚强,
军中党,像太阳,
党使军朝气勃勃闪精光,
党书记不强,
党的光不亮,
啊,帅心正下决定:
决定且空上书记这一岗。
子洲感觉像——
天狗咬缺了党的月亮,
又把党的太阳来咬伤。
远远听得马蹄响,
一队马蹄跑得十分忙,
耳听响声越来越强,
唐澍先听到达达马在跑,
并非是唐澍耳朵特别好,

唐澍也不是惊弓之鸟，
只因阶级斗争中，
几千几万同志抛头，
唐澍突然被人来包抄，
突然被锁上铐，钉上镣，
要受刑，老虎凳，三上吊，
鼻孔里头灌辣椒，
熔铁烙了点火烧。
因此上，
唐澍每条神经末梢尖，
尖过一切刀，
条条神经把把刀，
他拿刀尖朝敌人，
时时斗在党的最前哨，
大王练子嘴眼两双，
早已跟唐澍望向大门那一方，
他俩听得唐澍牙齿咬得咯咯响。
唐澍想，敌人已经发现我，
落脚到这个地方，
冯叛、冯投，我已经把情况告诉我的党，
现在是敌人要来抓我，
不便就抓我，

也要弄个什么鬼名堂，
或者是，敌人的阴谋被我打乱了，
敌人又忙着调兵遣将，
眼睛飞向大门那一边，
远远望见一个官，
下得马来把话讲，
讲什么听不见，
盯住望，突然眼里冒火光，
牙齿咬得咯咯一声响。
那个官不是旁的官，
在那城门口，头一个，冯家狗，
挡住唐澍不让走，
下马来的正是那走狗，
仿佛唐澍那张相，
仍然拿在他手上，
黄河边追来的蒋家狗，
倒还不在那里头，
他进这大门，
那时候，他曾有估计：
我为我们党，
随时能献出我的头，
一根毛也不能让他来动手，

这时候，这关头，
两家什么狗，无论怎样抓，怎样搜，
他们没有这个胆，
胆敢到这红色武装里动手，
现在望见那走狗，
仿佛相片也还拿在手，
那狗吃了千个豹子胆？
现在他觉得，
他原来的估计也偏右：
没想到，到了红色武装大学里，
偏偏遇见这个西安陈独秀，
有他压着头，
根本他不是无产阶级的什么领袖，
他是资产阶级的同志和同谋，
有他在，敌人走狗才敢来抓共产党，
不怕到了红色人里要挨揍。
他想问子洲，
帝国主义蒋冯狗，
把我追来把我搜，
看来风声已泄露，
狗知唐澍在这里头，
外来的狗，

定来提要求,
要求再把相来对,
要求对了就抓走。
马上定一定,
我该避一避,
或是再逃走?
只要对党好处多,
无论啥时候,我都乐于坐牢或杀头,
心想问子洲,
话刚要出口,
忽然听得人咳嗽,
咳嗽的是西安陈独秀,
话又立刻往他肚内收,
听得那咳嗽,
是否因为那咳嗽,
钻入耳朵后,
咳声立刻变石头,
唐澍将开口,
被他钻来塞住喉?
不不不,
哪怕那是一块铁,
唐澍要嚼要吞都不愁,

为党来说话，

要开口，啥时候就能开口，

只为来把党救，来到城门口，

他曾自动扭扁担，

扭得手破鲜血流，

现在突然扭舌头，

扭得口中话往肚中流。

现在既然见了党，

党还没有真正得了救，

党内有这西安陈独秀，

党外来了帝国主义者的狗，

若在这时候，

我说避一避或是再逃走，

这个西安陈独秀，

可能反咬我一口，

我的行动为的不是党，

只为使我个人自由，

虽然我能完全相信我，

为党无论啥时候，

甘愿坐监或杀头，

不怕咬我这一口，

却担心，

英雄们,请让我感谢

一群狗来难为共产党——
首先为难李子洲,
我却不在场。
为了保住西安陈独秀,
他们捕风捉影找理由,
我们是在原则路线上反右,
如果捕了他这个避一避,
捉了他这个再逃走,
歪曲他的用意再夸大,
可能使党内原则路线的斗争不好斗,
军队要真不好走,
为能拼命战斗,
为党真得救,
火坑我去跳,
罗网我去投,
为党也能够逆来顺受。
望见走狗已经进了门,
怎样战斗要看敌人先来哪一手?
无论啥时候,
爸爸心和眼,
不离唐澍左和右,
看见唐澍笑得他心笑,

唐澍皱眉他发愁,
看见唐澍望向大门口,
爸爸的眼光早已随着向外溜,
溜见来的有那狗,
爸爸急忙转过眼,
看唐澍,望清了没有?
眼刚转到唐澍脸面上,
看见森林样两眉头往下扯,
射出那眼光,
利得如宝剑,
冷得如冰霜,
觉得唐澍的心眼亮比电更闪。
唐早望见来的就是那只狼,
这地方有许多共产党,又有枪,
莫说来的狼,
多少虎豹一齐来扑唐,
难把唐的一只手来伤,
爸爸他一百二丈宽心放,
但却又这么想,
若是对面把话讲,
是不是唐和他,
还要装成父子一个样。

唐还要把哑巴装,
他要那嘴或拿眼,
赶快商量一商量,
但看唐好像眼在望,心在想,
相信唐能想出好主张,
爸爸心和眼,紧紧跟着唐,
如同唐掌舵来他摇桨。
一个手指扫出去,
几根琴弦跟着响,
听得唐澍咬牙齿,咬得咯咯响,
大王练子嘴,
听得唐澍牙齿咬得咯咯一声响,
猛然睁大眼,
望唐澍,又从唐澍望到大门那一方向,
两对眼像猛然开了窗,
望见又是那走狗,
大王磨着牙齿讲:
反共派的狗,
眼睛长在胸子上,
他来这里又是来对那张相,
对了再放抓这老唐,
咱就要算他的伙食账。

练子嘴接着讲:
城门口有他的网,
这地方有咱的棒,
我有练子还有棒,
若要拴起狗来打,
这里还是好地方。
大王练子嘴,同志俩在农民那地方,
两个心像一抱琴的两根弦,
这根弹来那根响,
那根弹来这根鸣,
目前在这里,
同志俩像两扇磨,
像在磨着一个样,
恨着那狗来把话讲,
唐澍听了他们这么讲,
更爱他们俩,
觉得心爱的同志能够心连心,
胳膊连胳膊,
爱他俩的热情更高涨,
但他立即却又想,
在平时敌人打击共产党,
夺共产党的枪,

敌人已经有了一借口,
命令我反抗,
抓我我逃走,
现在若打这条狗,
打在这时候,这地方,
"打狗看主面",
敌人定要说,实际打的就是冯玉祥,
啊!宁肯让狗子把我咬伤,
绝不让伤害我的党,
宁肯让敌人拿我去剁成肉酱,
绝不能让他拿我作口实,
损伤了党的武装。
想把这愿望,表示给大王,
却又觉得这个担心是多余,
他们俩,不会轻易使党上了这个当,
铁炉中的火由同志添,
风浪上的舵由他来掌。
忽见大王俩,
闪过墙那旁,
顺墙走向大门那一方,
他俩,好像魔术家的行动一个样,
叫人难猜又难想。

定了两个"臭皮匠",
更要自作诸葛亮；
他想,如果他俩真要布置打狗去,
打得巧来也无妨,
天塌我用头来顶,
头割掉肩膀来担当。
谁拍他肩膀,
一转头,见是子洲的巴掌,
听得旁边嚓嚓响,
转脸看史可轩来到身旁,
神色一点也不慌,
他写了什么来报告？
他把小本本交给李子洲手上,
子洲看得非常快,
仿佛一眼看了好几行,
看罢,立刻交给陈独秀代表,
他边交边说：请你批,批在纸上,
唐澍等着看,
同时在估量：
发现敌人立刻就要扇火,
定是发现阴谋火,
导火线一着要上当,

怎行动？可轩急忙前来请示党，
这里有个西安陈独秀，
使得同志有话难开口，
唐澍转看可轩子洲眼，
希望眼给他把话讲，
果然看见同志眼两双，
两双眼，打希望，
望在唐身上，
唐澍、可轩和子洲，
原很担心这个西安陈独秀，
看了不给批也不给说，
只冷冷，给你来个一哼鼻子二咳嗽，
想不到，这回他也快来非常快，
他批了，立刻又交到李子洲手上，
子洲心想争时间，
李子洲心谋算，
谋到心已决，
现在决心派唐澍，
在军事上协助可轩。
明知陈独秀代表
不会同意这个派，
到现在同意不同意，且不管，

只要党军能够度过这一关，
不管谁痛快不痛快，
子洲心已决，
心想哪怕最后要和陈独秀决裂，
子洲和唐澍一起看，
李子洲觉得心要裂，
他只看陈独秀代表，
写了什么在上面，
唐澍先看可轩写的这几行：
我到望楼望，
钟楼鼓楼城楼上，
架着炮和机枪，
又见约有五个团，
调到我周围大街小巷，
敌军在重新布置力量。
钟楼上人很忙，
钟楼下面见马队来来往往，
看来敌人指挥部，
早已放在钟楼上，
单要我开走，
何必这个样，
我估量，许还有一点什么阴谋布置未停当？——

英雄们,请让我感谢

一停当,四面八方袭击我,
只等钟楼信号一声响。
唐澍才一看了头两行,
觉得写得这情况,
他的眼睛早看到,
他不愿看漏一个字,
快得可像飞行家,
空中照了一卷相,
看来情况虽变化,
根本不出他料想,
忽然觉得没料到,
可轩把他看得这么高,
他看见可轩写的最后这一条,
这一条,个个字像大火在燃烧,
看!我请党派唐澍同志临时帮助我——
他的帮助实际是领导,
上海暴动有经验,
我相信有唐,敌人把我吃不倒。
看得心喜欢,脸发烧,
本来他看见可轩写的是领导两字时,
觉得应该表示谦虚那才好,
看到最后这一行,

觉得该有这种信心和自豪,
和敌人争分争秒,
谦虚话不说了,
往下看,才一看,
如同看见陈独秀代表,
拿起一把刀,
刀尖刺进他的眼来了,
一见命令你违抗,
二见逃来这个唐,
担心唐要来暴动,
小题做了大文章。
看头行,如刀刺眼,
看二行,如枪弹打到心中央,
三行如铐来铐手,
四行脚镣响锵锵,
脚镣手铐和刀枪,
完全不是对付一个唐,
啊,看敌人四面八方,
阴谋杀死共产党,
这个西安陈独秀,
头为敌人想,
手为敌人忙,

敌人从外打，

他从内帮忙。

唐澍如同恨敌人，

不觉牙又磨出一声响。

唐澍急忙转眼看子洲，

船遇大风浪，舵望子洲掌，

李子洲也早望见大门一方，

冯家狗正往里闯，

刚才望见练子嘴跑去，

把狗子练在来路上，

只听得，

　　　一边练子响，

　　　一边是狗叫汪汪。

狗来当然要提防，

唐看李，李看唐，

同志眼两双，互相把希望，

交流直到心中央，

李也急忙写，

唐看李笔在纸上，

唐澍一看眼发亮：

党的史要你，

党望你相帮，

党史上好做文章,
点点画画像星星,
字字句句像太阳,
一气唱成歌一支,
一笔画成画一张,
自古以来画同歌,
这个色调最响亮。
四个狗兵把那走狗保,
保到唐澍他们前边了,
唐澍转眼看那狗,
突然间狗像瞅着共产党人发冷笑,
唐澍见得不是头一回,
狡猾的那个冷笑,更比说话来得巧,
　　城门口被你瞒过,
　　你现在明得像把火,
　　地放网,天有罗,
　　现在你可逃不脱。
唐澍看见走狗那样亲,
知道狗心这样说。
唐澍观察着,思想着,
个人死,个人活,
念头绝不在他个人上面落,

唐澍一心只想要观察,
观察狗的一笑一说一动作,
要看穿看穿黑幕,
看狗要的这个中心目的是什么,
敌人把我军包围着,
是不是狗把我党我军来侦察,
侦察后,
决定马上开火不开火。
料想是黄河边追唐的已追到,
看样子狗们已交换了情报,
那狗换了另外一种笑,
笑着鞠躬弯下腰,
仿佛真要弯腰去捧陈独秀代表的脚抱,
抬起半个头来才说道:
我们司令讲得好,
三请诸葛能请到,
邀你赴宴真难邀,
接着狗又说,
司令让他带马来迎接,
赏他那狗脸,也该就走一遭,
唐澍见狗那种米汤灌过了,
才捧出信来交,

李、唐、史的眼睛却一齐转到那封信去了，
虽然看不到，
不管狗阴谋藏得多好多妙，
阴谋总会露出他的苗。
唐澍眼光像火箭，
往信文射出箭一条，
一见信纸射不穿，
马上又射那个狗目标，
苏联火箭呱呱叫，
一秒钟穿过九重天上九重霄，
共产党人的思想比那还要快，
看唐澍火箭要射穿狗头脑，
阴谋藏在狗的脑细胞，
不管狗细胞，
穿过地狱定要找到，
唐澍见狗把那信交给陈独秀代表，
回头就对一个狗兵说，
班长，你看去，
如果接客马，马肚带跑松了，
你叫快勒好。
唐澍看见那班长，
听话才听到半中腰，

英雄们,请让我感谢

转身就往门外跑,
唐澍觉得不是味,
另有一种狗味道,
思想火箭忙寻找;
追着寻,追着找,
穿过几层地狱去,
时间只花了万分之一秒,
时间花了万分之一秒,
火箭发出这个响声了。
叫去勒好马肚带,
算这狗对陈独秀代表,
表示他无微不用到,
怎么那个"班长",
话还没有听到半中腰,
他就可以转身往外跳?
勒紧马肚带,
不过一举手之劳,
火箭追到这里更要追,
又万分之一秒,
阴谋射穿了,
定是这个狗来前,相约好,
啥时啥情况,

用的啥暗号，

肚带暗号他知道，

听得这题头，

他不知不觉就往腰尾那边跑，

小狗对大狗，

自然也要表示无微不用到，

那时代，反共就能升官又发财，

反共狗争立狗功劳，

但在这刻这一秒，

眼见敌人阴谋套阴谋，

花招套花招，

黄河上，突破了九连环，

这里还要突破连环套，

怎样才能突破，

怎样才算想到巧还要巧。

唐澍火箭射，

射中了目标，

那狗向外跑，

定是去报告，

唐澍我已到这里，

冯投蒋，反共阴谋被我揭穿了，

到而今，冯蒋狗将如何好，

包阴火的纸皮已戳破,
立刻放出阴火来大烧。
想得皱眉头,
猛然眉头皱得比那天更高,
天上那狗奔来黄河水
眉头不能给他奔下这个巧,
时间飞得滴答滴答响,
一秒过了又一秒,
生不出这个巧来真心焦,
无产阶级的唐澍他知道,
宇宙先有草,
有种草,草生灵,灵生草,
宇宙草中间,
生出灵芝生来了,
唐澍要生这个巧,
生巧的想头,
还在宇宙里头打飘,
如同那种草还不见,
那种灵也还见到,
白云仙为把她的爱人救,
立刻驾上云一道,
她不怕路远天遥,

飞到北极去把灵芝找,
也不管是谁守住灵芝草,
只要取得灵芝回,
战斗哪怕一命抛,
唐澍为把他的党和军来救,
他要找到那个巧,
他哪怕路比北极万倍高,
只要取得那个巧,
能把党和军救了,
北极断了他的头,
南极断了他的腰,
只要有了共产党胜利,
北极南极全宇宙,
共产党都能改造,
他会展开眉来笑,
他会笑着唱道他相信,
革命有我共产党领导,
工农解放,人类解放了,
南极北极全宇宙,
我们能把一切改造好。
一秒的时间不算少,
苏联火箭飞一秒,

英雄们，请让我感谢

三重天飞过了，
火箭喝了嫦娥吴刚头杯酒，
三杯酒刚刚倒，
听得火箭笑，
抬头看，火箭已把太阳三圈绕，
火箭笑，如同唐澍笑，
笑穿九重霄，
笑声传到地球时，
全宇宙都听见了，
唐澍心是那么好，
他相信好心总能生出那个巧，
时间又过了几秒，
唐澍心还没有生出那个巧，
恼火真恼火，
唐澍把他自己恼，
恼像一支矛，不能刺穿那个盾，
恼有什么好，
能刺通那个盾的矛，
还得另外找，
我得暴动那个暴，
再找还得要找那个巧。
唐澍他知道，

种种情况是材料，
选材要把巧创造，
但他又觉得，
料有是有了，
创造哪个好，
这些料还不够好，
也许好料摆在眼前了，
是我一下看不到？
主要问题在自己，
自己的问题解决了，
巧就一定突然会找到。
想到主要问题在自己，
觉得心就不再打飘了，
觉得找巧思路上，
突然出现一座桥，
想到要生这个巧，
还得个什么来点那个窍，
想到要点窍，
忽然桥那头，
马、恩、列迎来了，
听得他们说：
得一根烧的钢条，

还得个清醒的头脑,
忽听得纸的声音响嗖嗖,
转眼看那西安陈独秀,
看见他把信折起,
入进衣袋里。
唐澍真想夺过那封信来看,
要从信上看阴谋,
可又觉得他不好来动这个手,
只好转眼看子洲,
子洲可轩当然都想看那信,
他们不像唐澍想动手,
想开口,却也不好开出这个口,
一来不好使敌这狗,
见我同志们不信任这西安陈独秀,
漏洞能把机密,
漏出又会漏进敌人的阴谋,
可又非常担心这个西安陈独秀,
自觉或是不自觉,
客观上他成了敌人的刽子手,
资产阶级地主们,有他这种刽子手,
一刀能断多少革命家的头,
敌人亲手杀我要流血,

党内有了这种敌人刽子手，
只见革命同志头在断，
不见革命同志血会流。
唐澍不好动手，
子洲可轩不好动口，
心如盾，两面挨着矛，
现在只有拿眼看着他，
看他读了信后怎开口，
或者他的脸，
真比西安城墙厚，
现在他往敌人那里走，
酒楼上去喝我同志鲜血做的酒，
喝着酒，见他笑，
夸他真是西安陈独秀，
说他是共产党的一位好领袖。
他说走，下边偏不走，
名义是领袖，
他发号命令不自由，
给他捧，给他诱，
我党我军到现在，
走不走？怎样走？怎样攻来怎样守？
唐澍逃来报告后，

新战略,决定了没有?
我党我军啥机密,
诱他自己往外露,
嫌他露得还不够,
甜言里加圈套,
蜜酒里加钩钩,
敌人拿到我的机密后,
害怕我往河北走,
一步走向武字区,
二步史谢李会流,
今天算是要开场,
开场锣鼓打响后,
一场比一场更红火,
最红火的武打在后头。
李唐史们看:
陈独秀代表,
一手捏上腰,
一手胸前抱,
眼睛左右睄,
像瞧不像瞧,
他是党的一个头,
看了信,他在用头脑,

叫狗看，他在共产党里头，
不单地位高，
还有资本，党内可以骄，
又叫共产党人看，
他把这封信谈了，
怎样说，怎样做才好，
经过他负责任的一番思考，
同时想叫共产党人感觉他，
不像唐澍批评的那条，
跟着资产阶级尾巴跑，
对党外，他也能够表示几分傲。
但唐澍眼前看得更清楚，
尾巴对着党内翘，
对着党外摇，
同时，看出他做贼心虚，
现在那样儿，
表示像骄傲，
绣花枕头一草包，
怕唐澍要他这回绝对不让他再偷盗，
请他马上做客的也在，
一定要他翻包包，
他混进无产阶级里偷盗，

陈独秀代表,没有预料到,
唐澍能够不让自己先开炮,
希望李子洲先来开,
子洲果然在先开口了。
开口时,脸微笑,
笑说:旁人不大知道我知道,
这两天来你太熬,
吃不好,睡不好,
熬得涨头涨脑,
今早又加了伤风感冒,
我劝你今天,
且不喝酒最好,
司令和咱们不见外,
司令会相信人不到心到,
你得好好吃饭睡觉。
可轩跟上说:是呀,
我们的行李都已捆扎好,
要不,我早请到里头睡一觉。
陈独秀代表冷笑,
嘿嘿,你关心得好,
但我不应关心自己熬不熬,
司令光请酒,我可以不到,

司令邀我去赴宴，宴后同他马并马，肩并肩，
直到东关外去欢送史可轩，
西安满城谣言，
谣传国共两党破裂，决裂在今天，
司令邀我去赴宴，宴后同他一起去送史可轩，
群众看见司令同我党很团结，
自然马上能够平谣言，
我得要向你同可轩，平谣言，
方法还有另一面，
史可轩，再也不能迟，不能缓，
现在立刻就该下命令，
命令把枪捆起来，
枪要人挑或马驮，
人要徒手出西安。
唐澍听到把枪捆起来，徒手出西安，
真如炸弹炸到心里面，
唐澍那颗心，本来就是大炸弹，
但他猛使一股劲，
把他那心的炸弹片，
紧紧压在胸腔那里面，
压得满腔革命热血，如同火山，
只差一点点，火山立刻要爆裂，

党的上海工人纠察队,

"四一二"成百上千被杀害,

"四一二"前夜,前几天,

党外有敌人欺骗,

蒋介石给工人纠察队赠旗,

绣了"共同奋斗"的字样在上面;

党内有陈独秀,他给上海党组织,

发来指令一连串,

那一指令如同手铐脚镣和铁链,

把党和工人的手脚钉起来,

钉了还要两条铁链穿,

铁链穿在铐和镣,镣和铐中间,

陈独秀右倾机会主义领导者,

把那铁链一头,交给美英法日意荷帝国主义者,

另一头交给帝国主义买办蒋介石等等卖国走狗反动派,

突然间,"四一二"到来,

党的工人纠察队,抗谁抗,战谁战,

只因"四一二"前夜武装斗争的经验太少,

我党内受了陈独秀的害,

成千成万的党员队员被杀害,

纠察队被取消,

只因战斗以前,

陈独秀右倾机会主义者，
先把我工人阶级的思想精神武装缴了械，
唐澍有过上海暴动那经验，
经验运用到眼前，
思想如电闪，
一闪拿眼心里说——
党的领导思想一定要坚决，
战斗一定要勇敢，
绝对不受内外敌人骗，
如果现在敌人逼我丢枪杆，
巷战就巷战，
子洲曾表示，
要我帮助史可轩，
执行任务真要丝毫不能迟缓，
他拉史可轩快到操场那面，
但又觉得我会装哑巴，
在这狗面前，
哑巴口像不宜开，
哑巴我开口，
能够为难子洲和可轩，
光为难事还小，
现在误了我准备巷战的时间，

他拉可轩手,

指向操场那一面,

可轩看子洲,眼睛里说:

你看,

唐澍拉我到那面去动员,

动员起来要作战,

可现在我就同他去,

你看应该不应该?

可轩和唐澍,都望子洲把头点一点,

子洲愿点这个头,

却还不要他们就走开,

因为他要表示意见,

他对着陈独秀代表,

他说:

我说过,你一连熬了几天几夜,

熬得精疲力竭,

现在你头昏目眩,

神经多少有些乱,

你到里面休息一会吧,

谣言不烦你多管,再给你添麻烦。

不等子洲话说完,

冯家那只狗已开了口,

开口向个狗兵说，
牵马来，赶快走。
看来西安这个陈独秀，
压服不了这个李子洲，
李子洲已揭穿了冯家的阴谋，
冯家狗不等子洲话说完，
急急忙忙插上口。
狗说，西安有人不断在造谣，
造得满城风雨了，
一造谣，共产党反对国民党领导，
共产党要干共产革命了，
二造谣，史可轩违抗冯总司令命令不服调，
三造谣，西安共产党，
今天就要暴动了。
说到暴动两个字，
狗拿眼把唐澍瞄一瞄。
唐澍总觉得，
敌人圈里还有圈，套里还有套，
子洲话才说到半中腰，
狗叫狗去牵马，
这又耍的啥花招？
子洲虽然破了敌人圈一套，

敌有啥暗号，可又想不到；
交手杖，党外打党内交，
虽然他敏感，
同时不能方方面面都敏到，
唐澍也就只好等。
现在等那走狗叫再叫，
接着叫，越叫声音越高。
那狗越叫越得意：
谣言多极了，
平谣言的办法，最好莫过刚才说的那两条。
说到这，狗望陈独秀代表，点头笑一笑。
那狗转对子洲叫：
李先生，你指教，还有什么办法比这好。
子洲冷冷奇笑，
笑着讲，如同拿着《道德经》在讲坛上讲道：
哈哈！
老子姓李你知道，
你真要向老子来请教，
无为而无所不为，
老子不平谣去谣自消。
子洲笑得奇，骂得妙，
奇里妙，是有大道。

许他就想出那个暴中巧,
想不出,给我一个巧的启发也很好。
引得可轩唐澍心焦也笑一笑,
唐澍心笑,心还又想到:
且不忙去动员,
等子洲给个指导,
如同大火上,
泼了油几瓢,
火更燃烧前,
火像没有先前烧,
刹那间,子洲们都不说话了。
冯家狗,挨了骂,
估量他总还咬还要开开口,
不料狗先前,
只像啃着光骨头,
现在都像吃着肉来舔着肋。
突然听得马蹄嗒嗒响,
听来是马向着这方走,
唐澍也才突然觉得这狗明暗几次耍滑头,
滑出的这阴谋,
阴谋头一手,
利用西安陈独秀,

李子洲想开这一毒手,
反拿话来揍了这狗头,
狗接李子洲的话,
使出第二手,反拿话来绊住李子洲,
这一绊,绊得可轩和唐澍都不好立刻往那操场走,
走出动员好战斗,
子洲拿话揍了这条狗,
等于拿了肉包子打了狗。
光看出敌人阴谋套阴谋,
一下看不透,
既然敌人马队到了大门口,
那就且看敌人来的这一手,
听敌人马队,
如同听得一条毒蛇出洞口,
蛇未见,使人觉得冷飕飕。
估计蛇粗粗不过盆口,
张嘴来咬人,嘴也不过大如斗,
上海大马路上示威时,
高举红旗向前走,
革命口号不离口,
还有什么武器拿在手,
有有有,红旗那么红,

共产主义这红心,大过宇宙的一切大星球,
有有有,还有无产阶级的赤手,一双铁拳头:
一支枪没有,
敢在帝国主义包围里头,
喊着打倒帝国主义向前走,
敌人开枪打,
哪怕敌人枪响如炒豆,
革命热血街上流,
相信最后胜利属于共产党,
自己能够流着鲜血向前走,
千千万万人,定会踏自己的鲜血决心去战斗!
三次暴动到来时,
共产党会把上海夺到工人手……
眼望那条毒蛇进了大门口,
丝毫不能吓煞唐澍、可轩、李子洲,
共产党人两只手,
从来拿的镰刀和榔头,
现在手里有几把枪,
革命家像长了铁的拳头和钢的口,
来吧,你死我活要战斗,
革命武装绝对不能给你丢,
啊,原来是那两条狗,

一条是在城门口,
叫他啥狗司令、参谋,
另一条,是追唐澍从那长江口,
追到黄河中上游,
美英帝国主义养惯了的狼,
蒋介石的同山弟兄狗,
共产党人的一个死对头。
见那狗参谋,
开口又开口,表示他真能谋,
都往那狼的耳朵边凑,
看来他在极力讨好那只狼,
有幸能和这狼并排走,
讨好讨得比水流。
仿佛他在说:
共产党人纵然是飞龙,
他能使龙困在这旱码头,
这码头,数他这狗有狗谋,
谋再谋,阴谋到了这当口,
西安共产党,要飞不能飞,要走不能走,
什么龙也飞不走。
哈巴狗,有说有笑,
那狼狗,一边听,

一边鼓着眼到处找来到处扫，
狼眼里也仿佛长出狼牙和狼爪，
狼想这一来，你唐澍这个共产党莫想逃。
唐澍也在拿眼找，
射出光一条条，
我的外表不要露，
只叫眼光透过他的眼睫毛，
射出眼光一条条，
利如解剖刀，
剖到狼狗心底去，
觉得狼欢，欢得他张牙舞爪，
狼却万分害怕人到了这地方，
猛然在这里给他一枪一炮或一刀，
唐澍看见狼心惊血跳，
这帮狗杂种能卖命，
只要见财能发来官能高，
实际上心中最怕，怕的是真把命丢了。
狗和狗的兵，
进大门里来了，
看，狗左右，狗兵几对像狗腿，
狗后一溜兵，很像狗尾一长条。
狗的兵背着马枪，

又背着鬼头刀,
提着马鞭子,
又提盒子炮,
大门外,
狗的兵马还不少,
见那狗鼻子嗅着人味道,
进门右瞧左瞧往里瞧,
从那帝国主义买办流氓到土豪,
蒋介石之类——
反共的狼狗杂种出现了,
人说狼铜头铁尾豆腐腰,
进门来的那狼狗种,
单怕铁锤往他头上敲,
镰刀朝他腿上扫,
头挨斧头尾挨刀,
看他找唐澍,
虽然鼻眼都在找,
走了三步却要转头瞧一瞧,
瞧瞧他那保镖,
要保镖,保好他的腿,
　护好他的豆腐腰,
保他尾巴翘过三尺高,

天下第一最紧要，
那狗脑袋，千万要给他保牢，
他怕革命暴徒唐澍会有这样暴：
夺过一把刀，
定会把反共杂种头砍断砍碎砍糟。
全世界的反共狗杂种，
多一半，都知道，
上海工人准备起义时，
鳞的毛，凤的角，
工人找手枪，
比找凤毛麟角还难找，
猛然间上海工人起义进攻了，
工人纠察队领头，
扑到敌人最前哨，
唐澍这一队，
嗖嗖嗖，小斧头，拔出腰，
紧跟斧头嗖嗖响——
七寸来的小尖刀，
尺来长的小铁条，
一手挥出这类小法宝，
一手就把敌人枪来缴。
唐澍带的三件宝，

英雄们，请让我感谢

前腰到后腰，
插着斧头和尖刀，
看来他的一只手，
拿着三号盒子枪，
藏在他的身上时，
他用一面红旗把枪包，
敌人面前，他那红旗红枪飞出来，
工人纠察队，
随着他猛冲，随着他飞跃，
他在前，时常喊"冲"喊"杀"口号。
他爱喊：
"同志们！革命不怕死，怕死不革命，
暴动暴动，越暴越好！"
纠察队员，在他后，在他旁，
夺得敌人枪，
先把同志们武装。
有一阵，敌人来反攻，
有些同志叫"老唐"，
老唐你开枪，快开枪！
老唐喊着答：
"我们是英雄工人共产党，
开枪不如去夺枪。"

他把红旗枪举到头上,
高喊:"同志们,
看,我们的胜利红旗在飘扬!
冲啊!"他领头,
边冲边喊:夺枪!夺枪!夺枪!……
这一阵,杀得敌人死的死,伤的伤,
有一些,两手举枪,放下枪,
愿向工人们投降。
帝国主义养的这条狼,
工人暴动前,他的抓,抓过老唐,
老唐领着工人暴动冲锋时,
狼带一伙狗流氓,
和唐打过交手仗,
打不过工人和老唐,
躲到租界里去放冷枪,
幸有陈独秀右倾机会主义,
给他帮了忙,
他才有命再来反共产党,
看起来,眼前只要狼口张一张,
狗爪就会伸来抓老唐,
唐澍想,看他怎样开口吧!
狼和狗,翻穿皮马褂,

英雄们，请让我感谢

可能先要装装羊，
不管他，装不装，怎样装，
绝对不上他的当，
为革命，共产党人不怕死，
世界上，算强要强我最强，
反革命最后总怕死，
这个怕是他的致命伤，
我要抓他这个致命伤，
救出我党我武装。
刚一这样想，
觉得手里缺少，啊，缺的是一支手枪，
有一手枪才好拿命拼，
恰巧啊，巧字恰要出在拼字上，
这时候，看见先前这条狗，
招呼那狼那参谋，
他摸史可轩的手，
又向史微笑，
他把史的那颗同志心，
往他笑上来一调，
手枪被他拔出了，
史还没有感觉到。
不得窍，门槛低，

不懂窍,门槛高,
群众运动里,唐澍学得很多窍,
坐监牢,见过许多小偷、强盗和绑票,
他却从前没想到,
偷得一个窍,
忽然变成了革命的一件法宝。
听得那个参谋笑,
望着陈海豹,笑说:"让我来介绍。"
笑声听来如尖刀,
猛想起,西安听说过,
冯家有个小诸葛,
羽毛扇在诸葛手中摇,
摇的是尾巴一长条,
看来就是这条狗,
那笑仿佛这样说:
看他耍的手腕有多妙,
共产党都逃不脱,
共产党人被他抓住了,
共产党人就是他的财和他的宝。
单说这个唐澍吧,
帝国主义和蒋帮,
早已出得有布告,

英雄们，请让我感谢

踏在唐澍尸首上，
官也升了几仗高，
抓着唐澍赏多少，
美英德日意帝国主义蒋匪帮，
早有通令和布告。
狗笑狼也笑，
狼也笑，仿佛说：
你狗有功劳，
给你分的赏总不能少。
狗尾摇，狼尾翘，
这一下，共产党被他们一锅熬，
好似已经熬熟了的一群鸟，
只等不太烫，
狼和狗们便下爪，
抓来用嘴咬，
现在先来用嘴吹一吹，
打开烫气好下爪。
狼眼随狗眼，笑看陈独秀代表，
再又向旁人脸上瞟一瞟，绕一绕，
狗眼狼眼碰着唐澍眼，
唐澍觉得那笑是一种笑，
怕将唐澍气恼，

要暴动来硬要暴。

上半眼故意表示佩服唐澍本领高,

差不多像老虎吃天,使他们无法下爪,

下半眼,你本领高,

多少狼狗眼都在盯梢,

眼下又落在狼狗的爪下了。

狗笑说,

总司令派来代表,

怕大家还不知道,

好让我先来介绍。

哈哈!唐澍在大笑,

笑声把那狗话打断了,

大笑说,我和他总司令代表,

老朋友,早就相识了,

不打不成交,

越打越相好。

唐澍一边说,一边伸出右手来,

让我在先表示欢迎你,

然后来一个三位的介绍。

见唐澍,气派大,风度高,

讲话动作有礼貌,

突然把狼耍成哈巴狗,

使他一下子摸不着头脑。
握手好,还是不握手好,
多少眼睛在看着,
明摆着,共产党里,
唐澍的领导岗位也相当高,
共产党的枪支虽不多,
枪还没有被缴,
不握手,不怕人说他无理骄傲,
也怕惹起唐澍火来了,
把他的脸皮子烧掉,
另外他也还怕那狗也笑他胆子小,
他本是流氓,大孬种,
当众却还不愿表示孬,
这场合,不能让他再思考,
流氓他伸过手来了,
唐澍如同老鹰叼小鸡,
猛一下叼住了,
又像一把老虎钳,
虎口钳住你就不能逃。
右手去握手,左边仿佛去拥抱,
比那鸽子翻身快,
嘶地侧过身子去,

身子一相靠，
左边手中小手枪，
猛一下就顶住那狼的豆腐腰，
手刚一搭手，
流氓感觉上了当，
右手拼命挣挣不掉！
左手正要把枪掏，
唐澍枪口已经顶住他的腰，
枪口顶痛他，给了他警告，
他要掏手枪不能掏，
人只见他的脸，
脸突然发青，又发白，
汗在额头上冒，
又只见，唐澍脸透红了，
红脸上露着微微的笑。
唐澍和这狼决力斗，
他要革命的威力把狼压倒，
这当口，你死我活拼上了，
却只叫人见他俩相好，
好像炸弹还没炸，
火线在炸弹里却已在燃烧。
却只使旁人看外表，

外表如同两人要猜拳。
握握手,先喊:
"两相好啊两相好。"
那狼虽然知道,
唐澍拿命和他拼上了,
他不乱动,
唐澍只要拿枪顶住他的腰,
他听唐澍来指导,
唐澍还可能给他留下命一条。
旁人里,只有史可轩,
觉得唐澍那个动作很奇妙,
动作不像欢迎客,
像是抓住对方要摔跤,
手和手枪口连发警告,
觉得狼逃不掉,又不敢逃,
看见狼,铜头不敢抬,向唐澍低头了,
铁尾不敢翘,
他给唐澍拖下了,
麻花腿不敢跳,
单怕他那豆腐腰,
马上流出一摊"豆腐脑"。
唐澍笑说:"你总司令代表,

我到西安比你到得早,
我赶来送行,
你也赶来了,
真够朋友,
我不要性命,
你也不要了?
我相信,抱义气,这个义气你会'抱',
做人情,这'人情'你做得最'好',
你是总司令代表,
你会立刻就给他们下命令,
命他们,和你我一道,
欢送史可轩。
灞桥烟柳飞美妙,
咱送行要送到灞桥。
快,下这个命令吧,
旁的话,咱们走到路上聊。"
枪和唐澍一齐正说话,
说:"请你快下这个命令吧!
难道命令可以请我这个老朋友来代你下?"
史可轩,枪被掏,
一下还没感觉到,
自觉唐澍那个笑,

笑得很奇妙，
觉得奇上奇，妙上妙，
唐澍欢迎那个"总司令代表"，
一握手，侧过身来贴紧腰，
表面他真像欢迎老朋友，
更像抓住对方要摔跤。
听唐澍一开口，话的那味道，
话中有蜜糖拌着有辣椒，
往下听，话像子弹连发，
子弹打进对方心里头，
子弹警告对方，不听话，
不把这个送行的命令下，
子弹立刻要开花。
对方呆得不动不说话，
分明看来是害怕，
唐澍要这家伙下命令，
逼得这班狼狗不敢不听话。
他觉得他该立刻高喊，
听我命令，队伍出发。
可轩见那狼，不动不说话，
脸变得像个发了霉的瓜，
死活左右难开这个口，

要使这瓜听话随话来开口，
得用刀来划，
可轩心打算，
右手摸到腰，表示要把枪头拔，
他再不把那个命令下，
一边拔出手枪来逼他，
真奇怪，手摸枪不在啦，
虽然枪不在，手却不放下，
手像摸住手枪啦。
唐澍见可轩沉着有办法，
忙说：咱拉话，走着拉，
看红色司令史可轩同志，
他下命令，马上出发。
那参谋，他是一个反动阴谋家，
他心里常在阴谋阳谋，
突然感觉到，
他的阴谋被揭穿，
破在阳光下，
他料想，唐澍执行共产党计划，
共产党的计划已经胜过他，
马上就断送了他们的一连串阴谋计划，
另外却已飞来一条索，

英雄们，请让我感谢

拴住了这狗头，
拴住了几个死疙瘩，
如果不听共产党的话，
共产党往出打，
弄得那狗腿跳难跳，抓难抓，
他们破着命不要，
他们也可叫，也可咬，
叫他们包围，
里里外外开枪又发炮，
他们都害怕，
共产党破性命，
先拿他们来开刀，
他们三十六条阴谋计，
差不多，条条都被打破了，
忽然又看见，
救命大计还有这一条，
看来要被洪水冲着跑，
忽见手边有一棵树能抱，
第一就是那个参谋狗，
顺手拉住陈独秀代表，
他说，城里钟楼要数第一高，
钟楼也只齐你的腰，

一切一切你都看得到。
唐澍插上嘴，
他和我们都看到，
路就只有这一条，
往东走，送行去，
送到灞桥去。
看，红色司令史可轩，
他就要下命令出发了。
陈独秀代表，
两眼鼓得像棉桃，
觉得他脸上那些金，
一下就被唐澍来抹掉。
他说：有我在这里，
　　　决不许胡闹。
李子洲急忙说，
声音更大更高，
如大浪把前浪压倒：
　　下命令出发吧，
　　不许谁胡闹！
史可轩，个子大又高，
右手仍然摸着腰——
像是随时忽地都能掏枪。

左手拢像一只号,
踮起脚来高声喊:
同志们!出发!到出发的时候了!
像鞭炮,火线头子一燃烧,
指挥官的司令接着接着叫,
打起鼓来吹起号,
大队前,红旗飘,
唐澍和枪口,又来个警告:
"你我送行一道走,
定要送到灞桥才分手。"
那狼像哭又像笑,
说出话来声发抖,
"好,送行,一道走。
定要送到灞桥才分手"。
那参谋,对随从左右,
一下难开这个口。
他还想拉陈独秀代表,
把他挽救一挽救,
我一来请你去喝酒,
二来告诉你:
钟楼上司令同你喝罢酒,
送行他要和你一道走。

唐澍暗暗命令那狼走，

唐澍枪，唐澍手，

命他快开口，

唐澍鼓劲戳痛他的腰，

　　握痛他的手。

他忙接上说：

三来四来总是要送行，

我们除送行，还有啥来头。

就在这时候，

听得人声吼，

吼声来自大门口，

一看是红旗虽然飘在大门口，

旗头不得往出走，

再看往里跑的是大王，

他左右，练子嘴同黄河上的老水手，

大王提着一支盒子枪，

老水手那根扁担还没丢。

原来大王，一见了这批狼和狗，

他们带着武装走进来，

还留一批武装在外头，

先是七分逼来三分诱，

看看来势，逼已到了九分九，

半分余地不给留,
目前这步棋,
他该这么走——
引着练子嘴和老水手,
一溜溜到大门口,
他向同志要了一支盒子枪,
大门口,咽喉地,
他们和同志把着那咽喉,
刚才他又急忙往里溜,
不离他的人,又是练子嘴和老水手。
他们一来到,
包围了那个参谋,
他和军人在左,老水手在右,
另有一个青年人,
雄赳赳跟在他背后,
练子嘴到前面来开口:
灞河柳离不得灞河水,
但愿灞水水长流,
红色农民舍不得革命军,
长安农民流着泪,
多少万农民候在城外头,
报告你参谋,农协会员,

等候红色军队往出走,
候在西安城外头,
这样的军民一人出一手,
要天夸来天得夸,
要水倒流水倒流,
眼下只请你参谋,
动一动指头,
写上一条字,
由我送出大门口,
门外军人要见你的字,
才让门里军队往出走,
多少万群众请你快快写,
我这里有笔纸也有,
难道你要农民拿起梭镖和锄头,
先到西安城中游一游,
狗参谋怕在白纸上面写黑字,
他转头,想看他手下,
旁的办法有没有,
没想到,看见大王和水手,
知扁担本来是木头,
看来扁担两面快,
像他们那些刀口,

英雄们,请让我感谢

看见大王几个同志来得是时候,
说话说在节骨眼上头,
本来唐澍真正力气单,
同志们对付狼又对付狗,
现在他真觉到,
自己头旁长了头,手旁长了手。
大王本是一青年,
看来他长了杀不尽的头,砍不尽的手,
现在手提一支盒子枪,
不写这条字,
指头就要把枪扣,
眼光射着仇和恨,
敌人手下,
情愿先拼命流血的,
他不喊动手,看来一个也没有,
看来有功有赏他们争着抢,
有油水争着来揩油。
这时候,不写怕丧命,
写却怕官要丢,能把命留,
这时候想把责任全推给上头,
他望着他的总司令代表,
给他再把这个写字讲,

本来这个代表比他更滑头，
不肯答应他的这请求，
唐澍枪和手，
命他快闭这个口，
"打虎离不开亲兄弟"，
亲兄弟亲不过战斗联手，
无产阶级革命火，燃烧在心头，
唐澍心真欢，
大王他们那计谋，那行动，
恰恰合了他心那要求，
他急忙向前走，
暗里枪在说，
明里说在口：
交朋友，够朋友，
看见朋友下了水，
不能站在水外头，
人要不沾一点水，
永莫到江边走。
那狼说：
对，常在江边走，
不沾水的哪里有，
写，送朋友，够朋友，

英雄们,请让我感谢

送行的话我讲过,
不必等我再开这个口。
唐澍望着那参谋,
望他拿起笔来写开头,
就在望的这时候,
觉得那狼猛一挣——
打算挣出他的手,
唐澍猛加一股劲到手,
枪口几乎插进那个狼的肉。
挣不脱,那狼装咳嗽,
唐澍还装望着写,
真的是,死活在拼命战斗,
真的是,全身在发抖,
性命交关,生死关头,
他见你有针眼大的缝,
你的精神有点漏,
打缺口。
猛从这个缝,
插进他的手,钻进他的头,
咬不住你的心,
死也得咬你一口,
几多次,暗较量来暗决斗,

心想死灰再要复燃。

敌人不到死了不甘休,

却不肯把命丢。

他有十分反革命的力,

至多不能用出九分九。

革命的人为革命,

力量原如泉水流,

流成了大江和大洋,

流水永远不断头。

心里恨,眼里仇,

一百二十分的仇恨,却只浮出九分九,

忍住几分装朋友,

唐澍笑看他一眼,

眼说:乖乖,听我的令。

装朋友,像朋友,

你再挣,挣不脱我唐澍手,

你再挣只会叫你把命丢。

乖乖服从我,装作好朋友,

装到底,你这条狗命,

可以给你留一留。

看见那狼狗,

笑着带点头,

分明他那笑后有奸猾,
奸如山中狼,猾如小泥鳅,
这才够朋友——
要说朋友两个字,
恰在这时候,
见那狗参谋,写像刚写完,
眉一皱,眼睛转向那只狗,
仿佛还要耍个啥滑头,
那狗早就在等候,
嘴说声"派我去",
抓起纸条就要走。
唐澍觉得狗要耍滑头,
绝对不能让他往外溜,
他的心,一边希望大王们,快把纸条夺在手,
一边急得他要吼,
猛见哗地一齐伸出几只手,
黄河上的老水手,
真正抓住一条大泥鳅,
扣住腮帮扭住头,
痛得那狗眼流泪,
练子嘴那双手,
真如流星的练子往外飞,

嘶的一声,流来拴住那参谋,
大王却像一只山鹰,
猛然飞来噙住那兔子头,
兔口上夺了那条字,
正转身又要飞向大门口,
听得唐澍喊:
喂,同志们,
咱们送行的最好一道走。
要送行的工人农民和青年,
城里城外到处有,
参谋他们就来送行,
你我最好陪同他们一道走。
大王们,听得话中有计谋,
心里想,妙计更在他眼包上面流,
他心上闪出旧念头和转出新念头——
黄龙山的山大王,
绑地主或把地主家的人绑着走,
地主武装不敢追,
好文章,做在这上头,
给送金钱给送酒,
还得叫个亲人来磕头,
看起来唐澍的妙计就是这一手,

那狗头不能不听唐澍的指挥,
可能唐使他失了自由。
对,我三人要拉几条狗,
特别要拉这个狗参谋。
估计那张纸条送出去,
敌军可能会让走,
参谋是一张活路照,
抓住他就不宜又松手,
字条递给那青年,
笑说:你把这送去,
告诉同志和朋友,
说我要陪参谋一道走。
望着那青年奔向大门口,
突然间,大门口,
人的头护成一片大浪头,
我的人,他的人,
突然护成大浪头。
敌人知道要动手,很辣手,
要吃会烧烂舌头。
我的人,气在肚里憋,心里扭,
气得像那火山自己要开口,
练子抛出头,

练子拴地球,
练子拴着地球舞,
舞在全宇宙,
满天只见流星流,
舞得人眼花,
这位老爸爸,
古今来的文戏武戏他都有,
唱英雄,唱拿手,
一张口生旦净丑,
唐澍望着想,扁担戏,
一唱了人能当担担着,
忽只见红旗带上人奔流,
想好说:送行的,
我们也该走在红旗乐队后,
望着那同志,字条飞在手,
奔向大门口,
大门口,人的眼都想看看那字条,
人的头梳成几片大浪头。
听得门内有人大声问:
他的参谋来字命让走,
为什么又不让走?
门外有人高声答,

写字叫走的,
不像我参谋,
等他要是我参谋,
出来问他,他点头,
咱就不光让你走,
还愿把你送到过临潼。
唐澍说:总司令代表,参谋,
你们听见了没有?
不等那回答,
可轩接上讲:
聋子才会没听见。
门外人对我门里人大吼——
见你参谋的字还不让走,
他们要等你参谋出去点点头。
唐澍早给大王们飞眼色,
大王互相递眼色,
他喊"走,
咱们先到大门口!"
大王练子嘴和老水手,
监督着那参谋和那狗走在最前头。
唐澍押蒋冯狗紧跟在背后,
李子洲搀走西安陈独秀,

要方便指挥战斗，
史可轩雄赳赳，
走前走后，为的指挥很自由。
正在往前走，
忽见大门口，
队伍闪开一条路，
那青年又奔进门里头，
急忙奔到面前来，
忙立正又喊"报告"，
眼中喷怒火，
脸红筋胀恨难收，
那胸膛，忽闪忽闪气得像要炸。
压气气反塞住他喉，
要沉着，见气难透，话难飞出口，
那青年，使劲把气往下咽一口，
断了的话接上头——
那位旅长团长看了字条后，
他说"怪怪怪，
参谋他是怎么参来怎么谋，
他说等他往钟楼，
司令答应你们全副武装着走，
你们才能带着武装走！"

英雄们,请让我感谢

到大门口,
浪头汇成潮头,
革命的浪不得向前再奔流,
敌人的脑子是糨糊,
敌人只能想得很糊涂,
他抗他阻,
他开刀来杀,
他就能把革命者杀绝杀尽,
工农再不敢走共产党的路,
炼炉中流出铁水钢水被阻挡,
那铁钢有冷的时候,
敌人越把革命来阻挡,
越给革命的怒火来加油,
无管什么拦什么阻,
不管阻拦革命的是世界上的什么人和物,
阻碍无产阶级革命家愤怒,
决心粉碎他定能粉碎,
决心征服他定能征服。
谁都在猜想到——
见了那参谋的字条还是不让走,
唐澍想,光他用死来逼着这条狗,还不够,
还得快快用死来逼着那条狗,

心想加上这个青年来逼他,

不让走的可能会让走,

肉的口,枪的口,

讲话如雷吼:

"走!我们去带头,

谁敢不让走?"

他的股冲劲带上头,

人都顾不得思前想后,

他眼里没有你参谋,

总司令代表也没有?

谁不买我们的账,他混账。

真要吃我们的肉,

要吃就叫他吃吧,

吃不完,我们要剥下他的皮来兜。

你——总司令代表,

现在你该代表总司令,

你们用了怎么样的绳,

系着怎么样的串铃,

你们要聪明,

你命他系铃人快做解铃人。

如果不聪明,

自有斧头镰刀来断那条绳。

那狗狼,一边走,到门口,
到门口,参谋命令冯军让出路,
给这军队走,
快要到门口,
那狼狗却又希望他的人,
偷偷打几枪。
恰在出了大门这时候,
一枪端端打中唐澍头,
唐澍脑开花,
忽然松手,
他先得了救,
枪也打中大王们,
救了那个参谋,
他们的人冲进来,
他们胜利后,
赶到徐州上海去报功,
说"西安四一二",
是他这个狼狗跑的头。
大门口我军敌军面对面,
前边的,枪还持在手,
刺刀早已看中敌人喉,
后边的,炸弹火线拉在手,

要向敌人那边投，
眼望敌军那么稠，
炸弹要向敌军中间投走，
看见唐澍来，
我军队伍分左右，
让他们到大门口，
大门口像火山口，
火口盖着两双手，
只要火山动开一只手，
立刻山炸火出头。
唐澍争主动，
半只手压着火口，
半只手压在敌人手头上，
他到火山口，
拿着命来斗，
争取不开火，
我党我军能得救，
若是只有开火才能救，
他就先打狼和狗，
号召我党我军先动手，
只要能杀出血路往出走，
流血多少尽管流，

多少同志都知道,
唐澍身边这狼狗,
战场上他和唐澍交过几次手,
看见冯家官兵要拦路,不让走,
唐澍枪逼着狼开口,
他突然感觉狼发抖,
他左怕右怕,
怕开这个口。
唐澍笑了笑,唐澍"噢"一声真正如雷吼,
他急忙对那官兵说:
听我说,你大家——
好同志,好朋友,
他是总司令派来的代表,
他是西安城防司令部的参谋。
这时候,觉得绝不能停留,
把敌人像个牛,牵着鼻子走,
有些要尽量装在鼓里头,
这时候,该把革命的声势吹成号,
我们是工人农民选出来的领袖,
看今天工农兵像火车,挂上钩,
一道来送行,要送到东关口,
他们奉命开拔的要快快赶路到郑州。

我讲的,对不对?

总司令代表,参谋!

肉的口,枪的口,

逼得那狼和那狗,

既不敢点头,也不敢摇头。

这时候,场面一点不能冷,

争主动,绝不可稍停留,

一桶水,把它飞快倒转在空中,

水能一点都不漏。

唐澍把那些敌人的注意力,

装在舞在他的桶里头,

接着他又吼:

噢,好同志,好朋友,

看我工农兵像火车,挂上钩,

我们送行的这班工农兵的代表和领袖,

我们就是火车头,

"噢!大家好同志,好朋友,

我们同唱国际歌,

一边唱着一边走!

起来,饥寒交迫的奴隶,起来,全世界受苦的人!

……"

唐澍大王们,

英雄们，请让我感谢

带着队伍唱着走，

敌人重重监视在左右前后，

他们真像走在地狱里，

最后定要冲出地狱口，

唐澍大王带队伍偏要从钟楼，过鼓楼，

国际歌唱着走，唱再唱，

走在大街上，

好像五一国际劳动节示威游行那么游，

群众听得他们唱，

也很悲壮，

望见他们走，眼泪流，

劳动门口群众有不少，

爬上房顶爬上楼，

埋伏的冯军一动手，

群众也要给他吃瓦吃砖头，

快到东门口，

远远听得郊外群众吼，

唱着走又喊着走，

唐澍带头喊：

"打倒帝国主义！"

"打倒帝国主义的走狗！"

隔着城墙望见，

吼出来的唐澍同志们,
革命呼声已经接上头,
如同火在烧,正需火焰高更高,
农民送来万担油,
如同河水想出峡,
快与大江去会流。
冯军司令在钟楼,他像热锅里的蚂蚁,
他左难右难,顾前顾后,来回走。
这时候,见敌人还不下毒手,
估计是,敌人顾虑多,
要改变原来的阴谋,
或者是,敌人见我队伍像条龙,
打算我头出来城门口,
猛下手,
截断我龙头。
进了城门洞,
见有不少敌兵守在城门口,
走得刚刚接近那门口,
听得"立正"一声喊,
看见一军官走过来,
随便放走了,
这个担子他又不敢担,

他像要来问参谋,
把担子推到参谋肩上来,
唐澍见他口要开,
唐澍大王高声喊:
城门洞像支号,
拿它来向敌军号召,
唐澍高声喊:
同志们,看我们工农兵的代表,
代表来欢送,
我一直要送到东廓,
西安城防士兵们,
革命的工农兵和兵亲得像同胞,
让我们代表工农兵送过东廓送到灞桥,
噢,同志们,
革命的歌曲少又少,
国际歌比世界上的什么歌都好,
"起来……"
唐澍带头唱,
我军又唱着走了,
出东关,望东廓,
望见麦子割完了,
黄蜡蜡的麦田夹着阳关道,

远远望见道上队两旁，

望见阳关道，

人像一片海起潮，

望见农民前来接应了，

真像龙和海，

海要来把龙拥抱，

帮龙来战斗，

海拿着战斗的一切法宝：

几片海潮上，

闪着锄头和大刀，

最高一片潮，

潮头闪出红一道。

那红缨枪，农民叫它黄毛又叫梭镖，

又听得喊口号，口号响如狂风卷浪潮，

"拥护革命军……"

"打倒帝国主义……"

唐澍又一次感觉到：

农民有了共产党领导，

工农一齐武装起来，

世界上的什么坏种都能打得倒，

可惜这革命武装还太少，

少虽少，

英雄们，请让我感谢

今天革命种子撒下了,
眼看革命种子已经出了苗,
只要共产党保护,
拿上满腔热血来灌浇,
今天苗,明天就能长得比天高,
今天少,将来武装多得用不了,
觉得革命前途非常大。
唐澍望着望着心欢笑,
又觉得西北同志们,
农民运动做得好,
党在危急关头上,
农民前来搭救了,
由不得,转过眼来望同志,
望见子洲眼也在笑,
笑容早已挂在眼眉梢。
见大王比谁都更笑,
笑得他热泪冲上眼来了,
你们运动家的心,
眨眼把眼泪水擦掉,
眼缩小,
放开眼到群众里把同志找,
一下找不见,

笑中来了几分恼,
大王突然高声笑,
像在同志们的笑中起了一阵潮,
啊,同志们像春天拼命长的苗。
但见陈独秀代表,
他却枯萎了,
看他两道眉头往上吊,
两边眉梢往下扫,
像个吊死鬼的容貌,
同志们高兴他扫兴,
唐澍心里骂:
他看不见革命的苗,
见也不会笑一笑。
大王说:
按计划路到这里分了岔,
咱们该从左边往北插,
听得后边来叫哗,
唐澍说:对,
转过眼又望,
可轩骑马跑来啦,
且在这里等等他,
听得口号连喊声声好,

英雄们，请让我感谢

喊得一个更比一个转头望，

好，跑得快，

快快跑，

你越跑，火越大，焰越高。

大王指着前方说，

那个人，他像朝阳跑出海来了，

太阳慢，

他飞箭飞过来，

飞近了，才看见，

他一块红布裹在他的脑袋上，

两角扎的英雄结，

脸像八月间的枣，

红枣红在黄河畔，

白衣服穿成黄的了，

衣上汗水一块块，

看他快要到眼前，

他的那双脚，好似鲤鱼跳过龙门来，

看那城，像锁链，

挣开锁链出东关，

虽然脱了一段险，

却知道，还没突破敌人包围圈。

望的那来人，

唐澍估计是农民领袖、共产党员，
觉得这人拿在党手，
像条铁打的旗杆，
条条铁打的旗杆，
四两拨千斤，
有了群众和他在，
觉得秦岭挡在前，
把山能拨开能推开，
嗨，嗨，
子洲和大王声连声地赞叹，
不觉"嗨"连"嗨"。
唐澍赞叹说：
来的人真像一团火，
来的人像午夜流星，
又像流星中的那团火，
流星火能烧完，
这火永远炸不完。
大王子洲同时说：
农民叫他烈党，
也在长安县，烧红了半个天，
自从农民叫他作烈党，
人问他姓啥，

他也就说他姓烈。

子洲说：

群众取的这个名，

一点也不长，半点也不短。

唐澍说，

今天要火千倍万倍烈，

才好炼革命，还要打铁，

他心中想炼成一炉铁，

给我党倒出来，

子洲点点头，

腿子急忙往前迈，

不能让那铁水漏给敌人见，

子洲跑到前面去迎接，

子洲对着大王说：

你快和我过去，

接他那炉铁。

又对唐澍说：

你知道，火会烈上更加烈，

铁还能炼成钢，

问题是在火色，

火色拿得好，

转折点上好转折。

大王将动腿，子洲又接说，

时间非常短，

农王能够给他的时间，你掌握，

炼好那炉钢，赶快转回来。

大王说：农民能龙口里夺食。

唐澍接上说：我们跨太阳抢时间。

大王说：为了争时间，

路在这里就该转，

好几条路通草滩，

左边这条路最短。

唐澍说：

我们最好就在这个转折点，

等你，等可轩。

子洲说：好，

就在这个转折点，

等可轩，等全军都到来。

话才一落点，腿迈开，

平素见子洲，

多半穿长袍，

走路也还在思考。

有一次，石头绊着他跌跤，

英雄们,请让我感谢

今天我跑他也跑,
望见子洲向他跑,
感觉到救党救革命,
时间定要争分秒,
要争尺争寸争丝毫,
烈火快跑到,
见子洲跑来迎接他,
子洲给他伸手,
他双手早就把子洲那只手来抱。
平素他讲话,
绕山绕水也可以绕,
开门去要能见山,
水来却要能起潮,
近用刀,远用炮,
现在他报告,
只愿用单刀,
龙鳞片片不用描,
口动过,三两句,
忙掏出来龙去脉线一条。烈火问:
一大早,我派同志给你送报告,
接到了?没接到?
唉,糟!我这脑袋呀,

顶不上一把粪瓢。

大王你叫个同志把粪挑,

粪担底下藏字条,

幸亏有你那头脑,

字条我收下,

我才赶紧动员农民到东郊,

冯家军骗说打野操,

我倒没有相信他那一套,

我想是,调来帮土豪,

要反共,把我农协来搞掉,

现在我才完全看清了,

他先夺我们的枪杆,

再夺我们的斧头镰刀,

我希望,党快提新的口号,

打倒一切反革命,

世界一切坏种都打倒。

我党有枪给农民撑腰,

革命火焰才有这样高,

告诉你,我今早给农民报告,

冯军要把我军搞掉,

农民愤怒得不得了。

有的青年农民说:

只要你给我命令,
我只拿这梭镖,
我就敢去夺取敌人的枪和炮。
我听说冯家到处抓唐澍,
唐澍跑进西安了,
有我们,唐澍也来了,
上海能暴动,
我看西安也能暴,
千万莫等敌人把我吃进口,我才打算往外逃,
让我正式提议吧,
我提个非常紧急的建议,
今天有暴动,开始在东郊。
今天前,子洲觉得烈火非常可爱,
但也觉得他有时非常可笑,
比如湖北武汉报,
看见农协群众给土豪戴高帽,
他要在高帽上,
给土豪插上根干标,
现在啊,子洲对烈火的看法有些不同了:
"暴动不是儿戏",
马克思的这句话,子洲早想到。
烈火的建议绝不是儿戏,

这个青年人的建议，
不能不逼得李子洲再三思考，
特别因为烈火这张口，
代表了成千成万的锄头和梭镖，
再三思考了，觉得原来那个计划比较好，
路还应该走上那一条。
但又绝不可在火头上，
泼给群众水一瓢，
他知道，要叫火，烈更烈。
烈火兴头高更高，
要叫烈火会烈也会不太烈，
子洲想给他把方法教一教，
子洲正在想，
烈火又说了，
说着就要响得一串鞭炮。
我要告诉你，
共青团里有一些人，
很不满党的领导，
有的人谩骂省委领导是"老皮"，
要把革命领导好，
把老皮快剥掉，
我给这种人警告：

英雄们，请让我感谢

我说，有牛屎，也有真的灵芝草，
不能说得那么一团糟，
在我看，
我从来不说谎话，
牛屎冒充灵芝草，
老皮就是陈独秀代表，
革命青年们，
从来都相信党的领导，
热爱李子洲，
总想到他们面前去领教，
领了他一次教，
真同得了几件宝，
小宝能够打狼狗，
大宝可以斩掉世界上的妖。
今天革命出了大题目，
烈火已经作出答案了，
连着题目和答案，
烈火逼着这个先生来受考，
平时他教育青年莫急躁，
他说革命要勇敢而沉着，才算得本领高，
现在仍然承认他的教育好，
开口就要他作出个答案来，

作文章，你作长点也可以，
你必须马上作来马上交。
领导不正确，不能领导，
领导迟慢了，
群众火起来，
活该你挨烧。
子洲不答反而问：
你估计，草滩那条路，
有没有敌人的埋伏？
烈火说：
没。还不曾发现有。
若转那条路，
它要打埋伏，
瞒我农民瞒不住，
但要转往那北路，
城东路敌人可能出来追，
城中敌人可能出北城来截或来堵，
农民队伍比它广，
也有苏联造的几条水帘珠，
我带着农民打掩护，
敌人要堵堵不住，
我只担心渭河水正涨，

英雄们,请让我感谢

人多一下不好渡,
要渡当然也能渡,
只要群众拼命来帮助,
农民盼我们革命军保护,
我却只顾逃,不管农民要吃什么苦,
这还算什么革命的队伍?
子洲想,我们要使烈火能领导群众来掩护,
我们转北路,
心中怀的啥意图,
应该给他讲清楚。
子洲想,该把情况和战略,
给这个烈火讲清楚,
要不他以为,领导方向有错误,
他的火,本来可以练出铁几炉,
他这人心不服,口就不会服,
现在觉得服从领导是勉强又是盲目,
他那火连个牛头也熬不熟。
我们共产党人愿粉身碎骨,
但我们要发出我们身上的光和热,
催得庄稼熟透,
还能够炼成钢,
子洲正想给他讲清楚,

打成一批枪和一批镰刀斧头，
战的那一天，
不容敌人还有一马一卒。
你说今天在这里暴动，
才算得革命的队伍，
你不管党准备足不足，
也不先抬头望望那暴动的前途，
拿起党和农民当孤注，
赢就赢来输就输。
今天敌人若是不开枪，
我们就不要和敌人直接冲突，
到了河北站住脚，
党才集结党的一切队伍。
各派地方军一般也反共，
因为指挥他们的是军阀地主，
但他们和冯也有矛盾和冲突，
谁都怕冯先把他吃下肚，
我们能领导工农群众，
又能够利用各种敌人间矛盾和冲突，
党就能够站住脚，
集结起关中和陕北的革命队伍，
那时候，只要党中央同意，

英雄们,请让我感谢

我们高举共产党自己的旗帜,
革命暴动一开始,
要像那黄河长江开始流,
流过几千又几万里,
不管挫折会有几千几万次,
汇流永远不停止,
流到世界去,
世界革命永远要胜利!
为给革命暴动做准备,
我们必须退一退,
前边挡你的有一条水,
后边有敌把你追,
看来你要跳过这条水,
只有转弯,或是往后退一退,
这一退,
能使你跳像你飞,
为了大进攻,
主动来撤退,
退一退好准备,
调动满天云,先把风来吹,
打震动世界的雷,
我们就要下空前的雨,

真正的革命暴动开始那时,
开始就在那暴动的准备,
你再把准备工作再加强,
加强十倍百倍一千倍,
今天不暴动,还要你给群众解释好,
要热情,热更热,
切不要给群众泼冷水,
我军一撤,
群众工作增加很多倍。
害怕困难的,
那是胆小鬼,
你放心,
我给群众说,
不光凭嘴,
我能够给群众挖心吐肺,
挖心吐肺想办法,
莫叫群众吃大亏。
子洲满意地紧紧握住烈火的手,
眼里几乎要滚出同志的泪,
烈火又双手抱住子洲那只手,
吞了他口中突然冒出来的水——
革命这样甜,

和同志，真有说不出的甜，

为革命，立刻死去丝毫也不后悔。

火心跳，跳出嘴，

"对！""对！"

头一声如快刀斩乱麻，

二一声像斩钉断铁那一锤，

心一说了"对"，

舌头下冒出一股水，

吞下去，甜透心肝肺，

啊，领导者，能让他把他的主张说出来，

让他自己说"对"或"不对"，

几分钟，说了"对"，

他觉得心亮眼亮好多倍，

还觉得好像自己突然长出翅膀来，

能打能跑能飞高，

还觉得革命同志情，

如同火山里刚刚流出来的水，

洁得不沾半点尘，

能使同志心唱醉，

这么样年轻领导者，

理能使人服，

情能使人醉，

同志说他代表党,真可以无愧,
烈火还觉得,为党为子洲,
死了活,活了再死也不悔。
那你快去指挥,
照你计划去撤退,
退是退,
可要使那城上敌人看起来,
我农民和军队热烈如同一次大示威,
如果看见敌人来堵,来截或来追,
或是绕道来包围,
忍到无法忍,
退到不能退,
敌人硬逼我下水,
子洲接上说:
到那时,我定要还击,
暴风暴雨加暴雷,
那时候,烈火变闪电,
传来暴风暴雨加暴雷。
逼下水,吃过几次水,
游泳才能学得会,
提防敌人这一着,
党已命唐澍,帮助史可轩指挥,

英雄们，请让我感谢

革命军有农会群众来助威，
战斗热情高涨几千倍，
敌人逼得我们不能不反击，
反击的先锋是军队，
群众的革命锐气要保护，
切不要群众吃大亏，
全省大暴动，仍然要在下一回，
群众一愤怒起来，
凭空也要把敌人撕个粉碎，
我啥都不怕，
单怕我把火色分寸弄不对，
请你派大王来指挥，
我见他眨眼不挤眉，
歪歪嘴或只见有什么色气脸上飞，
他心怎样一动，
我们心能领会，
让我看他眼色盯火色，
他提头，我知尾，
他行风雨我行雷。
派吧，请你马上派出大王给我们指挥。
子洲说，
党要大王这个飞毛腿，

哪里最需要,
派他往哪里飞,
但在眼前这一会,
非常需要他的是省委,
子洲又鼓励烈火,
我相信,你更用心,
火色你一定也能弄对。
烈火拍心说:
我把心剁肉丸。
烈火说:
有他大王好领导在,
我多给他跑跑腿,
拿火色那号用心事,
总要往他头上推,
对,我这一回,
要把用心事来学会。

猛然听得母鸡嘎嘎叫,
经常听得母鸡这么叫,
不用望也早知道——
那是飞鹰来把鸡儿"叼",
为把儿的性命保,

母飞起来同鹰拼起命来了。
现在听得母亲这么惊叫,
由不得,转眼往那方向瞧,
眼前啊,
为把革命力量保,
时间要争分争秒,
这回听得母鸡这么叫,
感觉他的心也挨了鹰一爪,
由不得,猛转眼,
往那叫的方向瞧一瞧,
远远瞧见一间茅草房,
母鸡飞得比那房还高,
她的嘴,她的脚,
钳着鹰的爪,
鹰不放下她的儿,
死也不能让鹰逃,
鹰和鸡都落到房顶上面了,
如同战场上有两人,
你死我活在摔跤。
忽见一个鸡儿滚,
滚下房头了,
鹰才得逃脱,

母鸡往下跳,
从她那身上,散出许多毛,
想是她也带伤了……
烈火像发呆,
听鸡叫来望鸡毛,
望不见,想得到,
儿们又回到母怀抱,
望得见,没想到,
迎面刮来一阵风,
风里见有鸡毛,
看来好像几只顺水船,
飘啊飘,
大王不等烈火没转眼,
见有几匹毛,
快要飘到眼前了,
他一蹦跳,几尺高,
一抓一抓又再抓,
一连抓得又三匹母鸡毛。
子洲见烈火,
白把时间浪费,
在开初,心真有点"恼火"了,
但见烈火眼像指路灯,

英雄们,请让我感谢

拿灯的是他的心,
看来这才真是用心用头脑,
平常没见到,
忽然看见这个革命家,
他还有点革命哲学家的风貌,
把这感觉到,
不但不恼火,
反而呼吸都像停止了,
要自己,静悄悄,
看烈火怎样去把那个真理找,
找得那个真理来,
许能多开我们什么窍。
江在万重山中绕,
一阵阵旋涡,一阵阵潮,
比那河水更奇妙,
革命同志有多少,
革命心如江一条,
革命的思想感情,
有时它像打漩涡那样旋,
又像熔炉烧的火在烧,
你看如水旋开道,
头又尖得如钻刀,

最奇妙，一钻通了，
掀起世界革命的热潮。
烈火要开口，
开口带着笑，
看见烈火那眼里，
冒出一种笑，
这种笑，平时难见到，
想是烈火心，炼出什么宝来了，
子洲想的没有错，
火开口，像龙吐宝。
群众一见史可轩同志，
他能带学生跑在前，
学生、军队跟着他，
常说他们跑得非常快，
能从西安一个跑步到骊山，
那母鸡一连开了他的几个窍，
到今天，才知道，
为什么，农民见信上插鸡毛，
问了"信往哪里交"，
拿着信来就飞跑；
原来是：
母鸡为救她的儿，

英雄们,请让我感谢

拼命和鹰战斗了,
救儿们出鹰爪,
被鹰啄掉一落毛。
烈火说:
我要递出几封信,
封封信上插鸡毛,
草滩见到信,
把船还要把饭准备好,
农民常夸史可轩,
他领兵打野操,
夸他兵练得好,
西安临潼六十里,
一个跑步能跑到,
农民夸奖他,
给了他"飞将军"的绰号,
我心想,今天就该这样跑才好,
现在该像打野操,
号又吹来鼓也敲,
农民看见我军这样跑,
一鼓劲向草滩跑,
劲头还像打野操,
我军这样跑,

农民心，觉得我军开走了分别了，
心像挨了刀，
心会又觉得，
我军不但爱百姓，又能够吃苦耐劳，
敌人要吃他，永远吃不掉，
农民永远心爱我军，
我军永远拿命撑着农民腰，
群众拥护我军跑，
大海拥着一条龙，
如果冯家狗杂种，
硬要来疯追疯咬，
我看那时候不消龙回头，
龙尾巴一扫，
随着早已闪到渭河那边了，
大海龙尾翻高潮，
狗日的也吃不消。
子洲说：
党引一切海，
随党来起革命潮，
党驾万千条龙，
党心只一条，
共产党人怀党心，

英雄们,请让我感谢

用党心,心相抱,心相照,
一心要把群众领导好,
我党同志一颗心,
全世界的狗杂种都吃不消,
子洲边说伸出一只手,
笑时面带笑,
烈火又是双手来笑着紧紧把那一手抱,
好!"你有党的心,
学会用心了。"
去吧,不等我龙向北飞,
你先飞出那鸡毛。
烈火抿嘴不回答,
甜得很的一个笑,
一转过身就飞跑,
现在他要坚决实现党领导,
火山暂且不忙爆,
还要山里,火更大,热更高,
原想在今朝本会火山爆,
爆炸口就开在东郊,
他手上闪动着那鸡的毛,
啊,李子洲好像公鸡叫,
他鼓舞的头脑才来开一道,

革命的公鸡，把革命的时光，
日夜从他口里报，
他为党发展，
发展党的新细胞，
他又像革命的一个母鸡，
一窝窝的鸡儿抱又抱，
五年前，那大王只像一个小鸡儿，
眼前呀，忽然觉得母鸡还太少，
大王抱出来烈火这小鸡，
看来也成个战斗的母鸡了，
这烈火像母鸡又像公鸡，
他也能斗能叫又能抱，
他在党和群众间，
又像党和群众的一座桥，
党的心在群众中跳跃，
他是党最高的一个小细胞，
子洲望着烈火跑，
烈火在他眼里，
变成了火线一条，
虽然爆炸时间还没到，
他跑过的路线都在燃烧。
谁呀谁，白长衫，前一边在腰，

后边风中飘,
啊,八百里秦川,
常见两种鸟,
同飞到云霄,
同落到树梢;
望可轩到没到,
恰好望可轩同个谁,
来到唐澍大王那边了,
连着招手指向这一边,
唐澍大王可轩同那人,
立刻就向这边跑,
心想定有什么机密事,
赶快找来商讨。

望见子洲回头跑,
大王笑说:"那一炉钢炼成了",
唐澍总是提希望,
一个希望刚达到,
再一个希望提得高更高,
唐澍说:烈火还能锻炼成远射的开花炮,
　　　　交手战用的宝剑或宝刀,
说话时,心高兴,面带笑,

转脸望,

仍然不见史可轩到,

越望心越焦,

转眼看大王,

大王正对他开口:

最好你亲手,去找西安陈独秀。

唐澍给他一点破,

两股思想流成一条河,

你快去,

要什么赶紧说。

唐澍急忙把狼狗,

交给老水手,

三步当作两步走,

真好像脚底下踏飞了这个地球,

早到一步早得救,

向子洲飞走。

革命的车头要把这个地球带上走,

他这地球想法挂上那车头,

这时候,子洲也真像火车头,

那火车头也和飞着的火车挂上钩,

几次望,

望不见可轩,

子洲心也早有几分愁,
一见唐澍递过字条来,
据说一个旅的两个团,
全都跟在学生队背后,
独有一个团,一直不见往出走,
可轩亲自去带那个团,
可轩因此还拖落在城里头,
又据说,冯军又调一些兵上在东城楼。
字条接到手,
才一看心焦愁,
看后他就说——
"唉,
他不肯丢了身上一片肉,
一只胳膊何况连手怎肯丢,
可轩原有三个团,
到西安解围后,
伤亡大,编成两团还不够,
冯玉祥,阴一手,阳一手,
这边克,那边扣,
冯要使我共产党新搞的军校也要叫他领导,
连个拿枪的战士也没有,
明有争,暗有斗,

我党那时候领导还不右,
党送来新兵一千多,
全部交到史可轩的手,
我党搞起军校来,
又叫可轩来带头。
党要军队革命化,
旧军人,共产主义的宣传难接受,
可轩接受早,早被党吸收,
这支革命武装好比一座桥,
桥的脚基跨两头,
一头新来一头旧,
旧的大半已腐朽,
新的在建筑,
我党要旧快变新,
新和旧都还得凭史可轩的两只手,
桥虽还不巩固,
革命还能从这桥上走。
为什么三个团,有一个团,
现在还没往出走,
因为那个团到现在,
新的军官一个都没有,
冯玉祥曾暗暗利诱那团长,

有可轩才没上了钩,
情况就是这个样,
可轩不能白白割掉身上那块肉。"
唐澍说：党在军队里,
工作时间短,
党是火车头,
要带列车走,
有几节节车,
小半完全新来大半十分旧,
史可轩在这时候,
他像车和车中间的钩,
他的一根眉毛一根发,
像是党的一颗螺丝钉,
但还没稳稳钉在这部车头上,
全部列车要带走,
车和车能挂上钩,
史可轩他不但像党的钩,
史的一根头发丝可以拉起一兵走,
对待老破车,甩掉不如抢救,
救出他来快带上走,
到了一个小站它来好抢修。
我是党的一颗螺丝钉,

却还没有钉在车头上，

这时候，我是个起子扳子，

这也还不够，

共产党呵我的党，

你要火时我是火，

你要油时我是油，

这时候党的列车要开走，

一挂起钩，有时没有车能走。

让我去看可轩，

还能帮助他，

去带那个团，

我到他身边，

至少可以给他做个警卫员。

子洲说：

宁丢一个团，

不丢一个史可轩！

你是党的警卫员，

去吧，我相信，你会帮助他战胜困难。

唐澍刚一转身跑，

快到大王前，

忙向大王说，

我去找可轩。

英雄们，请让我感谢

大王向他喊：
你且站一站，站一站！
唐澍一停脚，
大王过来逗耳朵，
悄悄说：
传令员曾经告诉我，
司令等得发了火，
他说再等一刻钟，
要不是，人将司令马拦着，
他早冲回城里去，
他说革命的人马不能随便丢一个，
他要跑去找可轩，
也许他早到了城里边，
这回哑巴装不成，
我想可以装作传令兵。
听得大王这一提，
眼忙看，
看见传令兵向他走过来，
红色布巴掌大的一块，
传令兵三个字躺在那臂上面。
由不得一阵笑，
又一次觉得大王真可爱，

常在群众里锻炼，
心才会把同志干的每件事，
看成党的棋一盘，
为同志，他想得很快很周全，
只有忠心在救险，
跑才有他这么快，
他和他换了换穿和戴，
一说罢，又跑起来，
笑一笑，只有同志笑，
笑才有他这么甜，
只有共产党人同志间，
才能有这样的互相关怀。
他对大王说：
群众是胜利的靠山，
我会看时机，
把群众带起来。
这时候，两个团跟学生队，
三千来人马，出城门来了，
独有一个团还不见到，
这时候，可轩骑着大枣驹，
枣驹马在两个团的中间走，
他人高马大，望得前来望得后，

英雄们，请让我感谢

他往前望了奔否望这队伍，
这一支队伍，好似江河在流，
他往前到农民队伍去，
一出城望见农民举红旗，
滚滚在队头如海舞，
大河奔进海里头。
觉得队伍又像一巨龙，
海阔天空龙自由，
早觉得城门口是刀的口，
又回头，望那最后一个团，
奔出刀口来没有，
忽见那个口中，
大河水断流，
不觉勒马来在队旁停，
越望心越痛，
像龙断尾，
更像他的一只手，
他又是痛又是愁，
不知不觉腿一动，
催枣驹，
枣驹跑向城门口，
勒转马头，大路旁等候。

一望这里到城,
那个空着一段路,
听团的响声也没有,
听得见马蹄扣再扣,
扣得黄土飞出丈来高,
扣得司令心的一个窍,
我们的队伍盼不见,
盼得我心这样焦,
我在等候那个团,
该给子洲大王唐澍早知道,
他派传令兵送字条,
丝毫想不到,唐澍装成他的传令兵,
为找他来在飞跑。
大王也和子洲商量好,
大王亲自出马去,
大王好像革命龙,
烈火好像革命蛟,
调动海洋调动风,
用群众的风暴,革命的热潮,
拥护共产党拥护革命军和史可轩的领导,
盼啊盼,盼不见,
这样想,那样猜,

英雄们,请让我感谢

心想枣驹会像一支箭,
一箭射进城里边,
那队伍来马上就能望得见。
马刚跑几步,
可又不能放开马来跑,
虽然见行军大队给让路,
马却不能闯队伍,
心在飞来马在小走,
望肉永远不要离开他的骨,
如果那团肉上长毒瘤——
革命路上掉了队,落了伍,
他要拨出刀子割那疮,
用他自己的口吸去那些毒。
全军在他心目中,
眼一看如看他那张军用图,
那沟那岔他很熟,
心一想,心如胯下那战马,
也走百里不迷途,
如同他把他的手指头来数。
这个团的团营干部,
思想大多半还是很迷糊,
共产党要化希望变真金,

他们跟随可轩闹革命,
自愿受金来镀镀,
他们大多还没有革命的阶段觉悟,
一条道路在眼前,
他们还不能跟共产党走此革命路。
靠有共产党人来帮助,
我才重新脱胎又换骨,
党派我到莫斯科学习,
学归来,竟给我扩大队伍,
对外又在名义上,党使我为主,
培养我党的武装干部,
原定等到麦子黄,
头期干部培养成熟,
选派一批到军中,
好使我旧部尽快变成党的骨头党的肉,
只可恨,党内有西安陈独秀,
他和冯玉祥一鼻孔出气,
两口同唱一支曲,
麦子红,干部熟,
革命的种子还不够大量种成我军这块土,
现在呀,我不能够团结我旧部,
如果这团带不出,

英雄们，请让我感谢

啊，我党要我做群众我拥护，
宁愿砍掉我的头，
绝不能给我党和群众辜负，
有了广大群众来拥护，
哪怕没有城中这一团，
要突围，不愁不能突。
怕只怕，群众要骂我是泥菩萨，
白日给你烧香一炉又一炉，
泥菩萨过河，自身难保，
领导群众去革命，
当然不会有啥好前途，
心想到革命前途，
马刚来到队伍断头处，
望此处离城门，
空着一箭路，
不见他的队伍出，
但见敌军把那城口来防堵。
可轩望得心愤怒，
觉得只有自己冲去，
亲自救那队伍，
啊，只有这么做，
他对党对群众，

这才可以对得住,
说到"对得住",
话像弓拉满,
马像箭射出,
马还没有腾出一大步,
这么怪,
突然有人蹦起来,
猛把马头来抱住,
马头被他扭往左边,
扭得马喘气呼呼,
可轩怒上加了怒,
见抓得马转头,马腾空跃,跃不出,
马要腾,腾不出,
鼓眼一看是什么人,
这人吃了野猪多少胆,
一看呀,他是警卫员,又是马夫,
这人啊,他抱着马向可轩开大口,
开口如同敲钟又擂鼓;
司令望不见,
那像狗屎门,好进不好出,
不到劈华山,何须用神斧,
司令只要下个令,

令我进城传给我队伍,
哪怕他杀我,再拿我去煮,
叫我去执行这个革命的任务。
"不!"可轩回答这个"不",
今天要挽救革命,
就像那劈山救母,
我是要抢救革命,
不正为城中的那团队伍,
快将马放开,
不要再拦阻。
马耳朵耸起听讲话,
马鼻子喘气呼呼呼,
战马爱司令,又爱好马夫,
马嘴来吻他胸脯,
真像求他快让步,
他的脸贴马的脸,
啊,你革命的战马,
你懂得司令的口嘱,
司令要去你去吧!
摸着马耳给吩咐,
啊,革命的战马,通灵性的牲畜,
几十几百火线出出入入,

你不曾把司令辜负,

去吧,红枣驹,

啊,我的心,我的肺腑,

司令骑着你冲进又冲出,

反革命军着乌云降寒霜。

放开战马,马飞跃,

马夫跟在马旁飞着跑,

听得群众喊口号,

口号像暴风雨来卷海潮,

听得潮声响着共产党,

史可轩的名也跟着党的响,

响声推他过战壕,

潮像要把城上敌人冲倒,

快到城门口,

看见敌兵横刺刀,

唐澍望见可轩了,

马像要跳高,

跳过那一排刺刀,

觉得那城门口,

就像张着的刀口,

截断我的队伍腰,

这样心一想,

突然间,跃到可轩马后了。

刺刀指马头,

"站住,站住",乱喊叫,

"上头有命令,

队伍出了城门口,

不许再往城里走。"

这时候他见史可轩,

左手带马缰,

右手摸着腰,

战马,嗬,嗬嘘,

藐视那些刀,

他手摸着枪,

勒住马来高声讲:

士兵们!

你们那革命的眼睛都瞎了!

我是谁,抬起眼来把我瞧。

唐澍拿眼睛,

把敌兵扫,

他像一只大狮子,

看着几个狼和豹。

却在说:

你不开口咬,我是不要命,

心想我来保卫史可轩,
好像眼里没有那枪和刀,
放开马向那排刺刀里冲。
说了"瞧!"
唐澍暗暗称赞史可轩,
"他闯关,闯得猛也闯得巧"。
免得可轩要下马,
唐澍还是跟在马后跑,
听得马夫说,
只听马夫跑着高声笑,
"哈哈"他笑说,
鬼儿不吃,
他的口气他的话,可轩听,如同口正渴,
喝碗西安醪糟,
那味道又不是西安味道,
冯家兵听得酸甜都有了。
兵一下不知怎么好守,
啊,刺刀低下头来了,
战马冲进城门口,
眼一望,不见队伍往出走,
但见那钟楼奔到眼里头,
望不见队伍先望楼,

英雄们,请让我感谢

楼上几个人,
立在栏杆后,
中间那个望远镜,拿在手,
料是冯家司令那条狗,
难道他有这阴谋,
他能使我那个团,
不声不响不还手,
早被吞下喉,
恨不得飞马前去踏破楼,
踏破那些狗骨头,
思想快过电闪,
战马快过奔流,
啊,像灵魂,突然找不见他身上的肉,
突然,望见了他的队伍在街头,
但见那队伍,不是走来是停留,
那队伍活像失了灵魂又软了骨头,
幸好望见枪都还在手,
只要人灵魂入窍,
人活枪在手,
虎口里战斗也不愁,
飞奔着的马呀,他还嫌太慢,
他骂声"你笨牛!"

两腿连打鞭连抽,

也真像虎口中去把他亲人救,

单怕迟一秒钟,

亲人会被吞下喉。

望远镜中早望见,

红光一道冲入城门口,

望得那冯家司令心胆战,

红人共产党的军头史可轩,

骑来红枣驹,

这时候,冯家那司令想阴谋,

忽然间喜上心头,

想得他喜来他也愁,

他喜他那天罗地网只开一个口,

不等他逼,

共产党的军头史可轩,

自己来把罗网投,

他下命令,立刻堵死东城。

他想招呼史可轩,

软禁可轩在钟楼,

急收急收,

城内城外,天罗地网一齐收,

但又想,今早曾经拒绝上来饮酒,

现在定也不肯上钟楼,

不如令一个好枪手,

命令他埋伏去,打黑枪,暗杀这个红人在街头,

可轩被他暗杀后,

他反站出来追究,

说可轩原是他的老战友,

定要为史可轩报仇,

他想冯玉祥在滚假泪,

假泪他也能够当着史去流,

打黑枪的捉到了,

不要打他自己招供,

供说西安共产党内分了三派,

有一派主张在今天暴动,

暴动总指挥就是唐澍,

唐澍命他做暴动先锋,

唐澍亲口命令我,史可轩是中间派,

暴动派,占上风,他只得服从,

现在我想他是动摇叛变,

出了城又偷偷逃入城中,

我想我去打了史可轩,

暴动才能够成功,

叫来他的一个心腹,

逼上耳朵给吩咐,

他那样子很像狼,

他的心腹像野猪,

一口可以咬倒一棵树,

他暗杀的枪一张口,

一口能咬通两个人头,

现在他连连点头听吩咐,

最后临走说:"红瓤里子我通啦,

城外走的进去红的出。"

耳朵听得喊声连喊声,

喊声冲进城,

喊声一阵高一阵,

喊声越听越逼近,

听得喊"立正""立正"喊"立正",

东大街上,

"立正""立正"连声喊,

在先前,史的这个团,

因受了反宣传,

反宣传说唐澍来西安,

硬要逼着史可轩叛变,

唐澍要暴动要共产,

要把军校那批红色学生提出来,

英雄们,请让我感谢

撤换掉史的这批老军官,
史的这个团肉上有弱点,
反革命细菌就使他变瘫痪,
可轩回到城中来,
他们像那海滩石沙一铺滩。
听得城外连声喊,
喊声如同直往耳朵里头灌,
仿佛今天又是五一国际劳动节,
农民示威进西安,
每逢示威游行这一天,
革命喊声像把城来淹,
革命的工农学生和军队,
示威也像一次大联欢。
这一阵,听得喊,
多半士兵和军官,
喊起了示威的情感,
可又感觉掉了队,
失了威风又丢脸,
有的埋怨有的叹,
有许多越听喊来心越酸。
突然觉得像阵风,
风从东路刮过来,

一望只见路东黄尘滚滚滚上天,

房顶上传来人惊叹,

却听得"就是他!"

"啊,是他,红色的革命司令史可轩!"

一个连长站在大队前,

他一听得这惊叹,

猛喊了一声"立正!"

又连喊"向左看齐!向左看向左看!"

他的喊声像连串炸弹,

炸弹投到河里,

浪花推浪花,波澜推波澜,

一下推到右边那些连,

但有一个连长向他喊:

"王连长!队伍看齐了,

为啥你还紧喊向左看?"

他对副连长一笑,

只是心中那意思,

在笑脸上闪了闪,

仿佛他说了:

"我想司令他从左面来,

这来像来检阅,

不觉我心欢,望还没望见,

我早就喊了这多向左看。"
啊,看,连长说了,
这话说是对全连!
看,天在他的马鞍上头转,
地在他的马蹄下面翻,
马像一根(箭)飞过来,
马后黄尘滚在东大街,
本来是黄土高原黄土路,
风来就像冒黄烟,
何况东风吹到高原,
何况东风卷八百里秦川,
这眼前,风头二次突然进西安,
前一眼望见马后滚起一条小黄河,
后一眼,河变海,黄浪要把城淹,
只见可轩的那火箭,
风越吹火火越燃,
连长望见——
马后跑着史的两个警卫员,
马快跑到队伍前,
可轩勒马问"团长在不在?"
史勒马要寻找,
人像旗帜,

战马好像浪头上的船,
浪头把船头翻起,
船尾两个人,
拼命不让船打翻,
战马忽然立起像旗杆,
人像船上一面大红旗,
红旗插在海中间,
两个水手在拼命举旗杆。
可轩凤起两只眼,
想找寻那团长仍然找不见,
火就要钻出来。
火烧他的心,
他问"团长呢?"
口气还带火的焰,
不追枝,不追叶,
只追根追源,
他喊"王连长!"
他问"团长在哪里?"
呵,问话的口才一张开,
狂风正把沙灰卷,
猛然卷进口中来,
他宁愿沙灰把他口塞满,

英雄们,请让我感谢

话要像那高山流下一条泉,
自从革命起,
他对兵和官,
总是亲爱又庄严,
这么一阵风沙算什么,
革命家做带兵官,
战斗和吃苦,
他都要在前。
连长本像铁,
经他这一炼,
好像不知有风沙,
从心冒出铜花来:
"张参谋对我们说,王团长在西大街,
有人请他吃回馆全牛,
酒要他喝够,牛要他全吃。
我们吃了一肚子的气,
气破了肚皮,还不得动弹。
我们觉得很奇怪,
大队往出开,
独让我团掉在城里面,
街头巷尾出了'鬼',
那种鬼转向我们来宣传。"

可轩问：怎宣传？

说：有个暴徒叫唐澍，

他宣传要暴动，在西安，

唐逼史可轩，

逼你今天就暴动在西安，

幸亏你不情愿，

现在唐澍虽然已经混出城，

唐是共产党的暴动派，

现在唐虽混到城关外，

唐派还有人留在西安城里边，

史可轩不再听唐的话，

唐要会暗杀史可轩，

杀掉史，唐揽权，

当官的，全要换唐澍派的共产党员。

唐澍听了不奇怪，

倒是高兴这个连长知道有了鬼，

鬼话里头当然有鬼胎，

突然听到"暗杀"两个字，

突然他也如同在上海，

风沙使他难睁眼，

他却反用风沙来给他遮掩，

好像风沙进了眼，

抬手边擦眼来搭眼帘,
头一转,眼把四面八方看一遍,
看见街北巷口有个人,
刚从那巷口露头来看,
派头是暗探,
看那眼神那对眼,
暗杀暗探两个暗,
连着在他头脑里出现,
他往左边能挪,
挪得又快又自然,
一要那人动手枪,
不能逃过他的眼,
二要他把枪一抬,
保能打中那坏蛋。
他希望可轩,当机能立断,
团长来不来,
不需再等待,
应该赶快下命令,
带走这个团,
但他立刻又想到,
现在我只应该一心保卫史可轩,
我要抓住节骨眼,

我让我注意力,
绝对不能分散,
帮助敌人找弱点,
空子让给敌人钻,
这样对同志,
客观等于背叛。
无产阶级的战士呵,
要求自己特别严,
正在注意那暗探,
可轩说什么有些像没听见。
听得可轩说:
"鬼若再来说鬼话,
把他抓来见我史可轩。
听,你们听听,
城门外,
农民群众多少万,
他们喊着拥护共产党!"
连长说:"群众也喊拥护史可轩!"
"好,由你这连起,
一连传一连,
快把队伍整顿好,
千千万万农民等着出城送,

英雄们,请让我感谢

我把全团看一遍,
我就下令往出开!"
话干脆有力又简单,
唐澍听了也格外喜欢,
像闪电钻过云间,
雷声响高山,
可轩放马跑过队伍前,
每连每排每个班,
队伍他来催他来检阅,
"举枪""举枪""敬礼!"
"敬礼"为他喊,
喊声如同雷声滚过山,
忽然间,城外城内都在喊,
城中的军事口令喊得一连串,
城外的革命口号喊得天要翻,
喊声在把西安淹。
唐澍暗自心喜欢,
却把欢情搁在心里边,
欢也能把注意力分散,
他只要眼手快,
感觉比那什么针都更尖,
他发现,巷口上的那暗探,

忽然间,鬼眉鬼眼,
像是要动手,
却还有啥不方便,
这时候,唐澍故意跑得慢一点,
距离可轩马两丈远。
过了那巷口,
侧过身子拔拔鞋,
侧身还见那暗探,
拔了鞋,见他缩回巷里面,
唐澍急忙赶可轩,
赶一阵又跟到马后边。

忽见钟楼那一面,
有马奔向可轩来,
不管那来人好坏,
先从坏的方面去打算,
你谁要开枪,
开枪我在先。

可轩勒住马等待,
那两人一到忙下鞍,
头前那人举手喊"敬礼",

可轩愣着眼,只把头一点,
"二军老战友,
拉我去喝酒……"
可轩插口:
"他们请你吃全牛,
吃全了没有?"
不等待回答,
自己又开口:
有人把我军,
也当席上一条牛,
听!城外千千万万人,
等着就是我们这条牛,
不愿这条牛后腿,
别人偷偷砍了去下酒,
你没有看见,
他们围在城根城门口,
你该听见呐,
他们喊得像雷吼。
谁要吃掉我一团肉,
除非他不怕断咽喉。
你还有啥理由,
应该对我说。

我多喝了几杯酒,
还有这么个缘由,
朋友对我说:
人家和你们,
往日无冤,
近日无怨,
人家不要史可轩的一根毛,
但要捉唐澍,捉来唐澍砍掉唐澍那颗头。
吃鱼要吐刺,
刺在我的喉,
让我再给你说刺这个话,
我死也能闭下我的口,
城里还有唐澍暴动派,
你只该防唐澍暴动派,
把你军队夺到手。
这时候,那团长走拢史可轩,
说你紧防他们下毒手。
看似要辩解又像哀求,
谨防万一有阴谋,
唐澍眼睛盯着那团长那双手,
史可轩又接说:
我早说过了,

英雄们,请让我感谢

现在不是我和你,
多说话的时候,
你见史可轩怕谁,
谁敢下毒手?
还照老规矩,
冲锋我在前,
退却我在后,
现在我命令:
你快去带头,
我压后,
全团马上往出走!
群众像海洋,
走得要像条河往海流。
如果他们一开枪,
我带第三营,掩护后方同左右,
不管要死多少人,
你带一二营,定要抢先拿下东城楼,
夺下城楼你掩护,
夺取钟楼,
涝池里的鳖,
敌军能往哪里溜?
在从前,你有这样的忠心和胆量,

在今天，这样的忠心胆量你还有没有？

团长答：

有！有！

只要你还相信我，

我死愿随你走，

我不服从你，

你杀我的头。

"好！"可轩表示相信带鼓励：

"你马上，立刻带队往出走！"

可轩望着高团长，

一直望他跑马到前头，

又见全团全向左转，

四路纵队雄赳赳，

后边军队在踏着步，

前边已经开步走，

唐澍又觉得为党团结新和旧，

联系先进与落后，

目前真真只有可轩能够，

我来保卫党和史可轩，

流尽我血值得流。

唐澍要他自己不想分心，

脑筋可又转念头，

英雄们,请让我感谢

可轩同他这些旧部下,
封建的个人感情很浓厚,
这类情感不革命,
他定要同虎决斗。
唐澍不喜欢:
可轩和部下,
革命关怀太不够,
封建的个人感情太浓厚。
唐澍却高兴,
可轩有勇有谋,
免得部下犹豫难动手,
未战斗准备战斗,
他先指给,
下一步棋怎么走,
觉得心又像野马,
马上又把缰来收,
及时警告他自己,
我给敌人留空隙,
等于我背叛无产阶级,
这样把他一警告,
心又只在保卫史可轩同志,
特别运用眼睛耳鼻手,

保得可轩出城去。

原来他很像乌云中的太阳,

谁都不见他的一点光,

云不是铁不是钢,

云也没有长城那么长,

实际上太阳光是党的光,

随时射到人身上,

那光摸看你表情你动向,

像医生,摸在人的脉搏上,

你心怎动荡,

摸得敌人的动向,

判断你要打算怎么样?

他一心只为党,

保卫史可轩就是保卫党,

提防不使史可轩受伤,

把党保在心中央,

党的智慧和力量,

唐的心,唐的眼,整个唐,

自己的个人利害全不想,

全心全力献给党,

亮过太阳,

他暗暗察两旁,

察大街窄巷，啥都要看，
前后都要防，
首先要防敌人打冷枪，
需要我代替可轩领头冲杀时，
他还没有发现我是唐，
万一有啥必须要商量，
司令和他传令兵，
两人逼上耳朵讲，
旁人看来也正常，
那位马夫警卫员，
一心只为史可轩，
在那城门上，
他曾看过这个传令兵一眼，
见从自己队伍那边来。
这传令兵打扮，
在他眼中很熟惯，
真相信是传令兵，
再没分心来看唐一眼，
可轩没有想到要传令，
一心只要带出这个团，
有无一个传令兵跟来，
和他那心不相干，

他现在眼睛仍然只顾往前看，
他见高团长，
骑马走在队伍前，
队伍跟他一连跟一连动起来，
觉得自己像条龙，
龙尾被截断现在活转来。
如果敌人突然把那东城门关，
城外城内被隔绝，
敌人四面八方打出来，
城楼鼓楼攻不下，
四方八面冲过来，
敌人埋伏圈无法冲，
应该快快走到城门口，
先把那个关口占，
可轩不觉使劲向前推，
推着龙去连接，
这龙全身命在他，
有他推来就能接，
他嫌尾还动得慢，
真想打马追上前，
又觉不该这么办，
高团长又气我不信任，

从此可能要分裂,
眼把城楼扫一眼,
就能判断敌人大半藏在掩体中,
鸟鹊无声在等待,
不觉他已推出一阵阵天,
两腿蹬得马在喘,
脑在想,眼在看,
看来总觉行动漫,
"巷战！巷战！"
不觉自己想的话,
跑到自己口外边：
漏出来的"巷战"两个字,
像电火,突然飞进唐澍心里面,
耳听"巷战",仿佛在上海,
眼看可轩在西安,
唐澍再到前边听,
可轩心把他想念。
"唉,可惜我前面唐不在。"
刚叹,话又立刻转,说:
"唐不在我更要赢得巷战。"
两句话,唐澍更加敬爱史可轩,
听听可轩漏出这么两句话,

眼见可轩的全副心肝，
人的本质不容易识透，
认识人的表面只要看几眼，
要看一次次的危机来考验，
唐澍相信他自己，
一切考验经得起，
他也相信史可轩对党对革命，
真正勇敢又忠诚，
只有一点他不满，
他教育他的下级，
少着重革命的道理，
多凭他的旧关系，
无产阶级干革命要争时，
革命到了你死我活拼命时，
无论什么靠个人旧关系，
都不能把斗争坚持，
到那时，个人关系中的个人主义者，
每每会叛卖革命的无产阶级。
现在唐澍想：
假使在眼前逼得不能不进行巷战，
假使，高团长不肯拼命或叛变，
脑子里两个假使一出现，

仿佛觉得还有第三个假使要出来,
唐澍心一震,眼一愣,
硬要立刻看清这个第三,
啊,常在复杂尖锐斗争中,
明争暗斗成习惯,
有些事,未发生,
突然会预感,
有时预感一来很明显,
有时感到立刻会遇险,
这感觉,当时只像影子一晃,
过一会,也许总在转眼间。
突然见手枪,
指在胸前,
猛清楚才像薄薄一层雾,
遮在太阳前,
当时太阳只要用心追一追,
光一射,雾飞散,
再射阴险都射穿,
不管要遇什么险,
预感使你有准备,
不管遇啥险都能有主动权。
唐澍脑筋转,

阳光一射薄云散，
原来第一第二和那第三，
假使突然可轩同志遇害，
唐澍我该怎么办？
那时候，我只有从尾跑到头，
一边跑着一边喊，
同志们！为史可轩同志报仇，
冲开东城门口，
占领东城门占领东城楼，
把我们的军队和农民，
快快拉到城里头，
我想过了——
情况最坏那时候，
棋该怎么走。
思想无笼头，
一跑能不休，
唐澍猛一下，
不单套笼头，
调皮骡子要驮重，
忙使铁绳勒住思想口，
不把思想勒出血，
难保同志血不流，

把我无产阶级的革命思想化成箭,
一箭可射穿宇宙,
我无产阶级的革命眼耳察四周,
我感觉的敏锐也能像箭头,
墙头楼头,
巷口,门口,窗口,
搜着走,走着搜,
望见哪里有人,
听得哪里有咳嗽,
可能是暗号,
提防敌人暗暗要动手,
忽然听得可轩叫:
"传令兵!"
唐澍原来有准备,
听到叫传令兵,
他就像兵回答"有!"
他的心像鼓,
皮在鼓两头,
只有这时候,提防敌人这一头,
紧得没有一点缝,
等候叫他传令兵这一面,
松了一会忘再扭,

可轩的喊声像钟声，

突然听得可轩喊，

猛答一声"有"，

"有"的答声刚过喉，

感觉他是可轩传令员，

要使真像不泄露，

只好这样来补救，

答出来的声音坚强还不够，

尾上加劲送出口，

一像撞了钟，

一像击了鼓，

可轩唐澍两张口，

革命的钟楼和鼓楼，

"快去告诉高团长，

叫他们高唱革命歌子往出走。"

队伍听得这钟响，

好多人都侧过了头。

快去告诉高团长，

好多红旗升在城外头，

有几百面红旗高过城楼，

那是群众成百成千农民自卫队，

到了城边来等候，

英雄们，请让我感谢

我这里望见，
许他还没有，
你说我命他带队，
赶快往出走！
唐澍把他自己用作一面盾，
盾比西安城墙还要厚，
拿他自己护着党的史可轩，
如果要流血让我唐澍替他流，
唐澍把他自己用成一支矛，
自己又是党的一只手，
发觉谁要杀害史可轩，
矛就先刺谁的喉头，
本来唐澍心像灯，照亮这四周，
灯芯无限长，
灯油无限厚，
心真像灯芯，
听得可轩叫他传令这时候，
忽然间吸不上油。
可轩下令时，
望前望后，
望左又望右，
指着红旗望前头，

可轩那红心，
完全不提防，
敌人可能暗中对他下毒手。
唐澍心想走，
可轩旁不能撇了他这矛和盾，
他黄河上逆水行舟，
敌人有两枪打得小船漏，
那时候，他的心也不曾有过这样愁，
因为他可以亲身逆流搏斗，
心中现有钻子钻，
像钻子猛然钻透抽出油，
决心去同可轩接耳交头，
要可轩改使别人去传令，
唐澍要保着可轩走，
又想却还不给旁的人泄露，
思想好比火箭飞，
说话只像江水流，
可轩口，正要收，
唐澍从马后，
正要挨拢可轩走，
突然听得瓦响，
响声来自右面房头，

英雄们,请让我感谢

眼急扫过去,
望见盒子枪口压在楼脊梁上,
枪后露着半个头。
这时候,革命在生死交关的时候,
犹豫等于叛变,
列宁这话,闪出心头,
手枪抽在手,
枪一举,子弹一粒闪出口,
麻雀要飞不能飞,
耗子要溜不能溜,
忽然不见那狗头,
但见一只暗杀枪落瓦上,
那枪像唐澍打死的一只斑鸠。
望见红旗可轩喜,
行军缓可轩愁,
只想赶快出城去合流,
丝毫没有为他自己来担忧。
马上急转头,
气候鸟,知气候,
眼疾耳聪手飞快,
耍枪功夫早练就,
白天练过打飞燕,

晚间练过打香头，

心、眼、耳、手联成套，

得心立刻能应手，

忽听枪响一声"叭"，

或是刀动一声"嗖"，

声来自左来自右，

来自前，来自后，

如同炼钢师傅闭上眼，

有火便能知火候，

不转眼，也不转头，

一下听清楚，可轩他能够，

他还能够一听清，

不要回头就动手，

手动枪开口，

开口一百次，

至少保中九十九。

呵，唐澍这条命，

差点死在可轩手，

呵，可轩一听手枪响，

拔出枪来枪朝后一动，

对敌从来心要狠，

狠得就要打死后面那只狗，

指头刚要扣扳机,
觉得他传令兵还不曾走,
勒马悬崖真悬,
差点命无救。
唐澍固然命会救,
可轩命也许转眼还要去,
可轩正回头,
又听枪声吼,
看是传令员开枪,
打向侧面那座楼,
可轩眼,急向楼那方面转,
一望望上那条脊上,
马高人高望得高,
望见打中一狗头,
狗爪还在房脊上,
枪没开也没丢,
唐澍眼在搜,
飞快搜遍那座楼,
楼上没有旁处有?
眼向四方飞一周,
那楼只有二层,
很低很破旧,

楼窗都没有，
眼能搜透。
唐澍那眼睛，
像苏联射出去火箭星球，
把那宇宙秘密抓到手，
好把革命革通全宇宙。
唐澍飞眼那时候，
苏联出现在地球，
有了苏联人的这个地球呵，
它绕太阳走还不满十周，
全世界帝国主义反动派，
他们就在唐澍飞眼这时候，
明杀加暗杀，
杀死成千成万工农领袖，
光说中国共产党，
多少同志被杀头，
唐澍见过多少同志挨冷枪，
一次次，心又愤怒又悲悼，
悲悼化成他的火上油，
革命同志还同生，
一同去战斗，
同志牺牲了，

英雄们,请让我感谢

为同志复仇,
黄河为界,下棋的举手无悔,
让你想好你才走,
革命战场也是一盘棋,
既然是敌是仇,
只会给你有死的自由,
想的自由才不给你有,
到你想悔一颗棋,
棋被吃到对手,
一颗棋是一个同志头,
到你想悔几步,
同志血成河水流,
真是前悔容易后悔难。
唐澍搜,
唐澍飞眼一周觉不够,
飞眼又搜查第二周,
他像个猎手,
打猎在山沟,
早见狼成群蛇成队,
虎穴到处有,
打了兽,
兽还有,

虎穴龙潭都在这山沟,
唐澍飞眼搜,
飞眼搜了第三周,
心想,
可轩在这军队里,
好比灯芯点在灯里头,
可轩喜欢这个传令兵,
真像灯芯喜欢添了油。
可轩也在飞眼搜,
近处搜一周,
马上飞开眼,
望了钟楼望城楼,
这时候,城楼正中和左右,
看起来,敌人有意叫我看,
看他们露出好多挺机枪口,
枪的口压不了人口,
听起来,城外群众更有意,
吼声像要炸掉东城楼,
"传令兵!"
不等回答"有!"
可轩大声喊接大声说:
"快到前去,传我令,

我命我军快快往出走,
千千万万莫等候。"
像是要使他的话飞过城楼,
这个话的音,
不但响遍西安城四周,
永远能在西安留。
这时候,唐澍觉得可轩会提防,
总还担着几分忧,
唐澍跑过马夫旁,
握了一下马夫手,
跑到最后这个连队旁,
最后几个列兵,
向他伸出大拇指,
他正想给那些兵表示,
要他们好好保着司令往前走,
他正要一只手碰碰兵的肘,
一手反向司令指朝后,
忽然有了新法,
好似顺手来推舟,
他也急把两指伸出来,
一朝史可轩同志,
一朝这个好兵友,

这样指后飞飞走,
革命军令重过山,
这个传令兵脚底,不折不扣,
有个兵,他的话冲出心,
不知不觉话高声,
飞跑着的唐澍也能听得清:
强将手下无弱兵,
看这个才配给咱司令传个令。
唐澍喜欢兵的话,
特别喜欢有个字眼说他配。
士兵赞美司令,
也就是把自己来赞美,
黑暗中,他先唱出了,
革命的暴力能把一切反动派粉碎,
一句话,像一条闪电的光辉,
共产党,世界的光辉,
一个字响声雷,
革命家的感觉思想快过腿,
快得不上千千万万倍。
我若多吹革命腿,
少唱革命家思想热情怎么飞,
我只配唱唱乌鸦和乌龟,

英雄们,请让我感谢

唱革命的大鹏大雁就不配,
如果我的手里只有一块糖,
我绝不想化甜一个海的水,
熬成酱,
也多过世界的海洋很多倍,
世界没有什么酒,
能使革命的思想感情更使人沉醉,
醉得你把自己忘记了,
你欢唱,欢唱不觉流下泪,
泪中又只有,
英雄概那种气,
毫无悲观失望那种悲。
到你忽然觉得有你自己时,
你会问你一回又一回,
不待别人追你你自追,
我的党是无产阶级先锋,
检查我的思想和行为,
共产党人——我,
我有这个称号配不配?
他的心,贴着党的心,
他的肺,贴着党的肺,
现在知觉党的他的肺花,

就是他身边的这个军队，
唐澍腿在飞，心在醉，
因为这一会，
不觉有啥棋可悔，
不问心，心无愧，
不怕对他对不住？
你和他分路，
不！他也望见心中一块肉，
后来变成他们头上一颗球。
听得喊声像爆炸，
像连着炸了几座火药库，
像是大王烈火领群众，
群众愤怒直向城门来猛扑，
心想打铁要趁火通红，
心想群众来势猛，
能使敌怕我突然内外来夹攻，
啊！若果城里头是工人纠察队，
城外是革命的农民群众，
工农决心在这时暴动，
暴动一定能成功。
啊，要趁群众那股风正猛，
　　群众那炉火正红，

可轩我们想赶快,
把这生铁推进革命熔炉去,
力争这步能够跨出去,
可能下步好暴动,
农民来势猛,
可轩督队在城中,
能使敌人怕,
这团队伍到城门,
怕我突然间内外来个夹攻。
忽然觉得有点怪,
为什么前头突然快起来,
前头快,
后头赶,
越在后的越得跑,
跑才能使队伍不中断,
看高团长,
马上挥着鞭,
看见兵,都把头转一转,
像有话给后头交代,
走拢去,都在说:
"司令开过两枪了,
团长命令叫咱走快。"

怎么那两枪,
打了狗不算,
还又打出这么件好事来。
唐澍一下悟开,
觉得命令还要传,
也还需到前边看一看。
"报告团长!"
唐澍一到高声喊,
"司令叫你看,
看红旗升在城外,
司令叫你听,
听群众要吼垮西安城,
司令叫快走快走,
群众等在城门口。"
团长说:
"你快去告诉司令吧,
我还没有忘记呀,
三年前那次行军,
在后督队的也是他,
他要我们走快,
他叫枪对我们讲话,

我常常队伍乏，走慢啦，
听盒子枪连响两下，
我们猜中了，那是司令叫枪对我们讲话，
对他说，请他看，
我们现在还没辜负他。"
为把可轩保，
唐澍回头跑，
跑着心发笑，
打算好，
一箭射双雕，
碰得这么巧。